雪庐吟稿

董文 著

辽宁人民出版社

图书在版编目（ＣＩＰ）数据

雪庐吟稿／董文著．— 沈阳：辽宁人民出版社，
2024.1
ISBN 978-7-205-11043-7

Ⅰ．①雪… Ⅱ．①董… Ⅲ．①诗集－中国－当
代 Ⅳ．① I227

中国国家版本馆 CIP 数据核字 (2024) 第 040566 号

出版发行：辽宁人民出版社
地址：沈阳市和平区十一纬路25号 邮编：110003
电话：024-23284325（邮 购） 024-23284300（发行部）
http://www.lnpph.com.cn
印　　刷：辽宁新华印务有限公司
幅面尺寸：170mm×240mm
插　　页：4
印　　张：28
字　　数：320千字
出版时间：2024年1月第1版
印刷时间：2024年1月第1次印刷
责任编辑：祁雪芬
装帧设计：琥珀视觉
责任校对：冯　莹
书　　号：ISBN 978-7-205-11043-7

定　　价：128.00元

　　董文，著名学者、书法家、诗人。沈阳师范大学教授、辽宁大学兼职教授、沈阳市文史研究馆馆员。享受国务院政府特殊津贴专家、辽宁省优秀专家、沈阳市首届德艺双馨文艺家。曾任政协辽宁省委第八、九届常委，民革中央第九、十届委员，民革辽宁省委暨沈阳市委第八、九、十届副主委。曾任中国书法家协会第二届理事、教育委员会委员，辽宁省书法家协会副主席、顾问，沈阳市文联副主席暨沈阳市书法家协会主席（25 年）。现任辽宁省经济文化发展促进会副会长、沈阳市书法家协会名誉主席。在《中国艺术报》《中国书画家》《中国书法》等报纸杂志发表理论评论文章 200 余篇。出版《草书概论》《中国历代书法鉴赏》《董文书法作品集》《董文诗集》《中国古代书法经典》（六部，主编）《墨海诗情：董文自书诗集》等学术专著、书法集、诗集 10 余部，获省级社会科学优秀学术成果一、二等奖 4 次。参加全国第一、二、三、四届书法篆刻作品展，当代名家系统工程——"日月光华"全国老一代代表性书法家作品展等国内外重大书法展百余次。书法获全国第一届教师书法展一等奖第一名、辽宁省政府暨沈阳市政府优秀作品奖等多项大奖。《人民日报》《光明日报》等国内外 70 余家媒体 130 余次作过长篇报道或专题评论。书法作品被伦敦大英图书馆等国内外 50 余家博物馆、美术馆等收藏。

中国文联原副主席、中国书法家协会原名誉主席沈鹏题词

清的之于自由尚与律性

莫像那绝美的诗律

肯定也要善民性极端境

用。既供在艺术而不学

恭化艺为说学者需要

藝術力求筆頗似遂詣

於泊孚言全乾。

珏郑

藝祝

沈鵬の月十吉

诗业信多姊妹笔走
龙蛇那似花莫遂天缘
文会多神交安在趣同
偏

草书惠诗赐书德生以新
承经以病后又删难以为文
勉车小诗奉续即请
普文先生为正
中石拜心

中国书法家协会原顾问、首都师范大学教授欧阳中石题词

腹有诗书气自华（代序）

——当代中国文艺界名人评论董文诗书艺术集萃

沈鹏（曾任中国文联副主席、中国书法家协会主席）："您的多方努力，使您进入高文化层次。诗意在书法艺术中的融化，体现为书法品位的升高；而书法的节律感与抒情性，对您那纯真的诗情肯定也会起着良性循环的作用。愿您在艺术家的学者化，或者说学者而富有艺术家气质的道路上取得更高成就。"

公木（曾任吉林大学副校长、吉林省社会科学院院长、吉林省作家协会主席）："无情未必真书家，守静致虚穷物华。抱朴斋中参众妙，解衣般礴播烟霞。出古方知入古深，鼎盘碑刻邈风神。多元取向开新格，清水芙蓉醉率真。蓦地黑云海上生，雷师雨伯御骄龙。倏忽丽日斜晖笑，历历发光有歌声。金星飞迸溅苍穹，慧木终谐狂吻拥。岚霭渲空色色色，水天一色空空空。"

程千帆（曾任中国唐代文学学会会长、国务院古籍整理出

1

版规划小组顾问、江苏省文史研究馆馆长、南京大学一级教授）：

"董文教授，夙闻门下辽生称述懿美，无缘陪接。忽荷先施，惭悚极矣。法书所造甚高，论书诸诗尤多微至之谭，知独步关东非苟焉也。老病废学，读尊著霍然而兴，如逢枚叔之发。幸甚！快甚！江南春早，景物可玩，何日游踪莅止，当倒屣以迎也。"

李默然（曾任中国文联副主席、中国戏剧家协会主席）："董文的艺术，较好地体现了他的学问和修养，而他的治学又折射出艺术的灵光，所以他取得了必然的成功。品读他的诗书艺术，得到一种感染，一种愉悦，一种启迪。董文具有艺术家的才华和儒雅的学者风度，难能可贵的是，他豪放而不轻狂，深沉而不矜持，傲骨铮铮而又虚怀若谷，他是一位讲究艺德的艺术家。"

邓友梅（曾任中国作家协会书记处书记，中国作家协会第六、七届副主席）："董文博览群书，视野开阔，知识丰富，临池刻苦，诗书并进，终于成为令人瞩目的诗书大家。但是他没有停留在自己取得的成绩上，而是走创新之途，自成一派。写大字雄奇豪放，气势逼人，如听东坡'大江东去'之歌；写小字则如和风细雨，清秀典雅，如闻江南丝竹之乐，可称得上'出新意于法度之中，寄妙理于豪放之外'。董文之诗高古天然，董文之书雄健豪放，其卓荦成就是用整个生命换来的。读其诗，观其志，正其书，不禁叹道：'壮哉斯人！'"

欧阳中石（曾任中国书法家协会顾问，首都师范大学博士生导师、教授）："诗丛信手拈珠玑，笔走龙蛇转似飞。莫逆天缘文会友，神交每在趣同归。"

范曾（北京大学讲席教授、中国画法研究院院长、中国艺术研究院终身研究员、南开大学终身教授）："赏菊抚兰古士风，高吟放笔我为雄。銮铃天外乘霞上，关外驷虬是董公。""观夏鼐商尊，斑斓高华知古董；学清庾俊鲍，纵恣秀逸赋雄文。"

王充闾（曾任辽宁省委宣传部部长、辽宁省人大常委会副主任，现任辽宁省作家协会名誉主席）："董文教授是著名书法家，以其潇散流转、清逸淡远、率真自然、超拔流俗的书法艺术驰名当世。实际上，董文也是一位学殖丰厚、才情洋溢的学者兼诗人，只不过是在一定程度上掩盖了他的诗名。他的诗可以说是情文双至，善于熔化故实、成典，极其娴熟、自然，更主要的是能够做到以情为经，以文为纬，文质彬彬，情见乎辞。有的诗大笔淋漓，情怀激越，而且极富文采。有些诗意和境界是很高的。王渔洋认为，为诗人之道有根柢与兴会二途，根柢源于学问，兴会发于性情，董文教授于斯二者兼之。"

李仲元（沈阳故宫博物院名誉院长、辽宁省书法家协会顾问、沈阳市书法家协会名誉主席）："董文者，偲傥清高之士也。幼承母教，早立拿云之志；长续师传，遂成揽月之功。灵慧所钟，峥嵘头角，终以厚德显艺执教名校，主领书坛达二十五载。董文书艺，世人仰之。诸体兼备，尤精草法。笔舒意远，连绵不绝，蕴自然之变化，隐物理之幽微。寻踪觅迹，董文诗心何在？当于幽兰空谷，翠竹寒山，林海雪野，孤柏高岩间寻之。董文之为人，刚方其外，圆融其中，是非立断，清浊分明，守正无怨，疾恶如仇。其人深知盛衰圆缺之理，谨持低调养性之行，埋头诗翰，心似壶冰。"

李铎（曾任中国书法家协会副主席、中国人民革命军事博物馆研究员）："观董文草书此诗（杜甫《秋兴八首》）长卷，着笔清劲，洒脱豪放，其风貌似从王孟津出，又融入怀素的畅达狂放、黄山谷的恣肆，间以章草笔意，参学化用，自出机杼。通观全篇起伏跌宕，节奏明快，于文丽中见朴实，流动中含蕴藉，书风与诗意相契合，当为得意之笔。"

段成桂（曾任中国文联副主席、中国书法家协会副主席、吉林省文史研究馆馆长、吉林省博物院名誉院长）："董文草书，神采飞扬，姿态百出，韵致自然天成，实乃可观。其用笔着重内健，笔锋时而藏于点画之内，笔力时而超出点画之外，其化险为夷者，尤见功力，大手笔也。董文通理论，精诗词，善绘画，谙文章。理论可以启其灵性，诗词可以发其情致，绘画可以抒其章法，文章可以养其气韵，千古书家，惟此乃得风魄，乃成一家。"

林岫（曾任中国书法家协会副主席、北京市书法家协会主席、中国新闻学院教授）："龙蛇纸上起烟云，出晋入唐张一军。字外功成新气象，风姿逸态敢超群。"

杨仁恺（曾任全国文物鉴定委员会委员、辽宁省博物馆名誉馆长、辽宁省书法家协会名誉主席）："在1980年全国第一届书法篆刻展中，董文首次入选，已露头角。随即辽宁省书法家协会成立，他分工理论工作，一鸣惊人，不同凡响。随着时间的推移，他锲而不舍地探索书法理论，并与临池紧密结合，从而在社会上知名度和影响与日俱增，实至名归，享誉海内外。

董文同时在书法艺术以及吟咏方面都取得累累成果，可谓功力深厚、修养全面、才气过人。正因为如此，其根基更为坚实，故能具极大的潜力，来日方长，方兴未艾。"

彭定安（曾任中国鲁迅学会副会长、辽宁省作家协会副主席、辽宁社会科学院副院长、东北大学文法学院院长）："诗、情、艺、才、学，自然这是一个整体。其中，学养是谓重镇。有学养固然不一定就能成功，但没有能够成功而无学养的。以此评论董文及其诗与书艺，那么，诗，其幼而学者也，心爱之者也；情，为其所重而笃信'诗缘情''书者，抒也'；艺，则学而兼擅诗书，又注重艺术通感；才，则已见其吟咏挥毫之中；学，也在其文章、书艺、诗作之中累见其力，累建其功。"

屠岸（曾任《戏剧报》常务编委兼编辑室主任，人民文学出版社现代文学编辑室主任、总编辑，编审）："董文成名甚早，盛年之时即已步入黄金时期，取得令人瞩目的卓著成就。而且他又具有理论与实践同步发展的雄厚实力和兼通姊妹艺术的独特优势，确实前途不可限量。我期待着他有更多更美的诗、文、书法艺术作品问世。"

阿红（曾任辽宁省作家协会副主席，《当代诗歌》主编、编审）："苏轼说，'诗从肺腑出'，从肺腑而出的诗是诗人肺腑情的倾泻，叶燮说，'志高则言洁'，言洁的诗必呈现诗人的高尚志趣，诗荧屏显示的诗人的志趣、襟抱、情感，是诗人的审美心态。审美心态是诗人即时心态的冶炼、升华和品化。董文的诗就是其生涯审美心态的画卷，读其诗，会强烈感觉到他情思流转中满襟抱炽热的爱、大爱小爱盈诗篇，恍如大珠小珠落玉盘，如见其朗啸高吟，铿锵豪放，山川风雨，都听他驱遣。"

杨金亭（曾任《诗刊》杂志副主编、编审）："读董文的诗作，令我耳目一新，精神为之一振。应当说，我读到了书画艺术家的诗人之诗。难得的是，董文的诗人、艺术家的灵气胸襟和学者的文化涵养集于一身，在诗歌创作的实践中所形成的那种鲜明独特的抒情个性，这在传统诗论中叫作'诗中有我'，或如严沧浪所谓'诗有别材'者是也。从其诗中看到的是，诗人的赤子之心和灵襟妙悟以及百川汇海、自成一派的器识眼光……"

郭兴文（曾任辽宁省文化厅厅长、辽宁省文联名誉主席，现为辽宁省艺术家、企业家、事业家联谊会会长）："董文是国内外闻名的大书家。从他两部著作中，一是看到了其植根传统的深厚功力，且传统基因与现代审美意识完美融合；二是治学严谨，董文令本是小品的扇面登上艺术殿堂，变为学问，总结论述出宏论；三是以高昂旺盛的激情支撑创作。四是以不低俗、不媚俗的文人傲骨支持自己的价值判断。董文天分、功力、学养兼备，是学习的标杆。"

刘迎初（曾任沈阳市委副书记）："他的两部著作（《墨海诗情：董文自书诗集》《董文扇面书法精品集》），是书艺、诗艺和扇艺这'三艺'交融、精彩叠加的一次生动展示，是董文先生书品、诗品和人品这'三品'相映、德馨艺彰的一次生动展示，这是董文先生书魂、诗魂和士魂这'三魂'互守、神情飞扬的一次生动展示，这也是董文先生才学、才气和才力这

'三才'兼备、协同挥洒的一次生动展示。董文先生翰不虚动、下必有由，书成一体、诗通百家，且待人以真，又与人为善，能成人之美，是我神交仰止的一位诗人、书家和老师。其对辽沈地区文艺界的突出贡献和体现的名家风范，值得我们学习！"

胡崇炜（辽宁省文联副主席、辽宁省书法家协会主席）："董文先生的字外功当然了得，不仅能诗会画，每每行文多有理有据，既有无证不信、孤证不立之大学教授的学者风范，又有艺术家的潇洒自然。既有七步成诗之天资，又有奏琴成曲之才情。我以孔子的'士先识器，而后文艺'点题，正是对其综合修为的一个提要，器量见识是艺术家成功的最直接条件，有则力量强大，无则行之乏力。"

尹旭（中国书法家协会学术委员会委员、宁夏书法家协会副主席、宁夏社会科学院研究员）："董文书法艺术的成绩斐然，归根结底得益于他自身那相当杰出的书家素质，即天分、功力、学养，可以毫不夸张地说，在这三个方面，董文都是实力雄厚、游刃有余的。譬如说，董文艺术个性的突出，与这种个性化程度的成熟与完美，以及书法艺术在形象的把握与创造方面所表现出的那种恰到好处的分寸感、呼应顾盼的整体感、神采焕发的生命感等，使我们看到的主要是董文的天分素质；董文书法艺术中那到处流溢的晋人韵致、颜柳风神、黄米气势，以及法度与技巧的随心所欲、出神入化、浑然天成等，使我们看到的主要是董文的功力素质；而其书法艺术的那种韵味浓郁、冲和蕴藉、不落流俗等特征，使我们看到的又主要是董文的学养素质。"

朱以撒（中国书法家协会学术委员会副主任、福建省书法家协会副主席、中国青年书法理论家协会副主席、福建师范大学教授）："董文自幼就浸润在古典汁液中，不论他的位置有何改变，不论他的声名如何发展，他总是在自觉地以生命的存在不断追求精神上的超越，这种真诚性构筑了一个充满魅力和人格智慧光芒的丰富的精神世界，这不能不是优秀的古文人行为的延续。董文以有限追求无限，力戒浮华虚名，钟情淡泊承载寂寞，所以他的诗、文，都表现着波荡不息的特征。他诗书兼工，且集创作、理论、教学于一身，是全面发展的通才，这就决定了他的艺术人生自然会比别人更完善、更丰富。"

刘菲（台湾《新诗学报》《大海洋诗刊》总编辑、第十五届世界诗人大会副秘书长）："董文不仅以书法著称艺坛，亦以诗词卓立诗界。他出版的多部诗集便是最好的例证。他的诗以传统的五言、七言为主，将森严的格律驾驭得十分娴熟，似可达到珠圆玉润的程度。他经过炼句、炼字、炼意、炼格的不断递进，加上深湛的传统文化和古典文学的修养，使他的诗汲古而能出新，用语响亮，情感真切炽烈，读来十分感人，耐得涵泳品味，且涵量很大。"

晓帆（香港新天出版社社长，著名诗人、翻译家）："步入董文诗的艺林，宏观，是高雅的诗苑；微观，是心灵的花瓣。由于作者的古典文学造诣较深，人生经验丰富，又有登山临水之癖，遍访了名胜古迹，对事物观察入微，加上冶炼诗元素的技术高超，故能升华浓缩出属于自己的诗篇。寻觅他吟咏的印迹，或直陈成诗，或妙喻成诗，或起兴成诗，或诗画一律，或情景交融，在神奇想象的连缀中，幻化出一种超凡脱俗的高雅境界。"

李松涛（曾任辽宁省作家协会副主席、沈阳空军政治部创作组组长）："董文久经传统文化的熏陶，铸就了洋溢墨香的文化人格，因之，他更欣赏'采菊东篱下，悠然见南山'的生趣，他焚香抚琴，读史灯下，他梅月丹青，喜做闲云野鹤，他的清高，他的隐逸，他的沉实，让人更坚定了这一认识。由此出发，读者便容易品评和把握作者的精魂了。是的，能够超脱物欲与功利的诱惑，与大自然敞开心扉对话的人，能更准确触摸人生的核心。"

邓荫柯（曾任辽宁散文学会理事长、春风文艺出版社编审）："董文教授是我省具有全国性影响的书法艺术家、理论家和教育家之一。尤为令人惊叹的是，他在旧体诗创作方面的成就和所达到的艺术层次，不但在书法界卓然独立，在诗词界也算得上是才华、学问、识见俱佳之翘楚。他整个心灵沉浸于艺术之中，屏除冗杂，廓清俚俗，内心世界呈现出特有的纯净与安详。对壮丽山河、自然万物的皈依感和认同感，对辉煌的中华文化的炽热崇拜和全身心投入的宗教情绪，对时代、人生、亲友、同道的一片温暖的爱心，构成了他感情世界的三极。诗作中展示出他既是艺术大家又是一个普通人的既高雅深邃又自然质朴的风范。"

王鸣久（著名诗人、诗歌评论家、中国作家协会会员）："放眼当代书界诗界，能同时站在书法、诗词两座艺术高地上的名家有几人呢？董文教授可称是当之无愧的一位。其书法独树一帜全国已有定论，而其诗歌艺术与其书法艺术珠联璧合，其高士情怀，墨彩华章，颇有双栖双绝之妙。品读徜徉其心灵的轨迹中，便有了书意与诗情的双重审美愉悦了。诗人眼中之物更是心中之物，精神之物。他以天地之大美，洗浴尘体，净化心灵，提升生命境界以达到人格之美，于是具有人格美诗人的吟咏叩纳的诗境中，世界万物又无不美了。"

目　录

清兴雅吟

艺林藻鉴

人物情思

心语诗痕

托物言志

临池杂咏

抗疫组歌

江山览胜

谒黄帝陵①

辟开草昧起遐荒，始祖轩辕称帝黄。

三代武功平祸乱，四方文德变沧桑。

桥山青冢衣冠古，龙柏苍髯岁月长②。

我上仙台三叩拜③，深祈家国寿无疆。

注释：

①黄帝陵墓在甘肃、河北、河南等地都有，因《史记·五帝本纪》和《黄帝本行纪》中均有"黄帝崩，葬桥山"的记载，故历代均在陕西省黄陵县桥山黄帝陵举行祭祀大典。

②龙柏，桥山脚下，黄帝庙内古柏参天，有一株千年古柏高19米，传为汉武帝手植。

③桥山黄帝陵墓南侧有"汉武仙台"，传说汉武帝征朔方回来，在此祭黄帝，筑台祈仙。

长城怀古

龙举逶迤万里长，翻山越岭入苍茫。

兵民枯骨连沧海①，锁钥雄关镇大荒②。

血浣征袍金鼓震③，酒熏衮服舞歌忙④。

游人遥望烽台雪⑤，功罪千秋说始皇⑥。

注释：

①连沧海，指长城东入渤海。

②锁钥，谓锁与钥匙，引申指军事防守的重镇。

③浣，污染。

④衮服，古代帝王及公侯的礼服。

⑤烽台，即烽火台。

⑥始皇，即秦始皇。

金陵怀古

怀抱大江山色娇，繁华满眼列琼瑶。

鸿才名士传千载，花雨高台忆六朝。

一片降旗心久痛，三分足鼎火频烧。

倾樽歌罢秦淮月，燕子矶头夜听潮[①]。

注释：

①燕子矶，即燕子矶公园，位于南京市栖霞区临江街，是长江三大矶之一，世称万里长江第一矶。矶，就是长江口的一块巨石。

壶口瀑布赋①

黄河之水天上来，　浩浩荡荡歌豪迈。

群山两岸漫葱茏，　一水中分秦晋界。

天公缘何壶口倾，　忽泄洪峰跌澎湃。

黄风狂吼黄雪喷，　天柱崩残地幔坏。

搏争百虎乱石飞，　翻绞千龙云暖靆。

浪叠湍急裂危崖，　摧枯拉朽冲险隘。

隆隆鼙鼓卷狼烟，　刀响马嘶拔兵寨。

寒冰冬雪列琼林，　汹涌春潮增气派。

庸人到此一盘桓，　不做关公做黄盖。

气冲斗牛振臂呼，　骖鸾跨鹤九霄外。

大河日夜向东流，　百转千回未疲殆。

归来梦里尚雷喧，　不敢拈毫偿诗债。

请来仙圣助吟魂，　俚句狼藉抒真率。

访龙门石窟观赏造像题记①

功推大禹凿石门②，伊洛汤汤荫子孙。

万座佛龛香袅绕，千方造像气雄浑。

谛观笔法寻刀法，轻抚刀痕识笔痕。

独有康公开慧眼③，魏碑十美绝无伦④。

注释：

①造像题记，指龙门石窟中北魏时期的造像题记，是魏碑书法的代表。

②大禹凿龙门是为燕、代、胡、貉与西河之民得利。

③康公，指晚清时期的政治家、思想家、教育家、书法家康有为。

④康有为在其书法大著《广艺舟双楫》中，提出魏碑有"十美"的重要观点，推动了清代碑学中兴的风潮。

游西安碑林①

辗转亭廊如省亲，龙蛇剧迹宛然新。

唐风四海传馨远，古韵千年朝圣频。

心正终能归笔正②，天真元本是情真。

泱泱中国多瑰宝，休诮他山枉自贫③。

注释：

①西安碑林，北宋元祐五年（1090年）为保存唐开成年间镌刻的《十三经》而建立起来的碑石集中地。共保存碑石墓志一千多块，自汉迄清，荟萃各代名家手笔，是我国一座书法艺术宝库。

②《新唐书·柳公权传》："帝问公权用笔法，对曰：'心正则笔正，笔正乃可法矣。'"

③谓中国书法不如外国者，乃民族虚无主义论调，不足一驳。中国书法宝库珍藏宏富，真正是书法之故乡。

游沈园①

物是人非岁月更，沈园故事尚流行。

鸳鸯游过春波绿，词翰吟来老泪横②。

一段悲歌堪绝唱，千年枯柳又逢生。

八方来往观光客，争说陆唐哀婉情③。

注释：

①沈园，在浙江绍兴市内木莲桥洋河弄，是南宋时当地名园。因传有诗人陆游与唐琬婚姻悲剧而知名。

②词翰，指陆游第二次游沈园时（1155年）重见唐琬，因感伤而题写在沈园墙上的著名词作《钗头凤》。

③陆唐，指陆游与唐琬。

汨罗江怀屈原随想

风萧萧罢雨潇潇，鸥鹭同舟慢点篙。

遥念才操思伟异①，仰瞻祠墓叹孤高。

骚经百代垂仪范②，诗史千秋列凤毛。

岂敢衔悲独觞咏③，一杯清酒酹江涛。

注释：

①才操，才能操守。伟异，卓异出众。

②骚经，指《离骚》，屈原的代表作。

③觞咏，饮酒赋诗。

宣州纪游①

联袂新知访旧游，天开图画入瀛洲。

敬亭山上羞高咏②，叠嶂楼中幸款留③。

水巷石街村落古，香茶绿雪雾云稠④。

秋风不解离情苦，吹皱江波万缕愁。

注释：

①宣州，古代州郡名称，即今宣城市。

②敬亭山，位于宣城市北郊，是中国名山，系宣城文化魂之所在。南齐谢朓与唐代李白等名人都有游敬亭山之绝唱传世。

③叠嶂楼，唐咸通十五年，宣州刺史改建谢朓楼，改称叠嶂楼。

④绿雪，即绿雪茶，敬亭绿雪茶是宣州的特产名茶。

游玉龙雪山

玉龙披雪入云端①，万古冰川圣域寒。

草甸逡巡探胜境，东巴匍匐祭神坛②。

澄心一捧源头水，悟道三升日上竿。

五岳归来常自思，仙峰可拜不堪攀。

注释：

①玉龙雪山，在云南丽江市玉龙纳西族自治县西北。是北半球距赤道最近的一座极高山，有"现代冰川博物馆"的美誉，由13座山峰组成，平均海拔5000米以上。它因高山冰雪风光、高原草甸风光、原始森林风光、雪山水域风光而使世人惊叹。

②东巴，即东巴教，云南纳西族信奉的宗教，视山、水、风、火等自然现象和自然物为神灵而加以膜拜。玉龙山下一长路上，有石刻东巴文字及图腾，与雪山映衬愈加神秘而庄严。

谒三苏祠①

父子三才日月星，文坛一世共英名。

江河浩荡行天地，摘采风流飨后生。

注释：

①三苏，即北宋著名文学家苏洵及其子苏轼、苏辙。三苏祠位于四川眉山县城西南隅。

谒杜甫草堂①

浣花溪畔草堂深，翠竹千竿曲径荫。

祠廨盘桓寻圣迹，秋风诵罢泪沾襟①。

注释：

①安史之乱后，杜甫流寓成都，濒浣花溪筑茅屋居住四年。其间创作大量诗歌。名篇《茅屋为秋风所破歌》即居草堂之作。诗中"安得广厦千万间，大庇天下寒士俱欢颜，风雨不动安如山"句，千百年来，一直激荡读者心灵。

广西纪游（十一首）

漓江情

徽黄鲁泰已称奇，到此身魂两分离。

欸乃声中家万里，蓬瀛十日忘归期。

日出漓江

遥望群峰雾霭中，扁舟缓缓入迷宫。

蓦然回首惊开眼，碧玉簪头一抹红。

云里泛舟

十里江行梦未苏，茫然四顾泛槎孤。

云中山色无还有，醉眼迷离入画图。

江月渔舟

隐隐山衔月半轮，几星渔火待江鳞。

可怜蓑笠停桡久^①，半睡鱼鹰未湿身。

注释：
①停桡，把桨放下停船。

江上渔夫

无荤三日眼朦胧，鱼篓空因酒篓空。

舍命鸬鹚频击水，两三赤鲤献渔翁。

通灵大瀑布①

碧嶂云中飘玉纱，溅珠喷雪落琼花。

飞湍激石惊魂魄，哪是仙家哪佛家。

注释：

①通灵大瀑布，位于广西古龙山自然保护区内的通灵大峡谷中，宽30多米，落入鸳鸯潭。

通灵大峡谷

坑深谷阔水潺潺，古木长藤蔽日天。

时有鸣禽招远客，踽行半日欲成仙。

漓江两岸对山歌

百般莺舌斗漓江，阿妹阿哥未肯降。

两岸青峰难决断，今年旧曲换新腔。

枯水期对话象鼻山

漓江冬雨苦飘萧，衰变枯容细柳腰。

抚鼻倾谈犹自慰，明年风采待江潮。

阳朔望夫山

当年泪别两韶华，哭罢春花哭落花。

吁恨云山遮望眼，阿哥可是忘奴家。

从桂林到阳朔

阴晴漓水绝无尘，画卷天然日日新。

欲作一篇阳朔赋，才疏空负酒沾唇。

闻春雷后观雪

戊戌正月二十五日，闻雷声后见户外大雪茫茫，得此一绝。

一夜轻雷万树新，长街深巷隐红尘。

时人不解飞腾雪，竟说梨花报晚春。

谒武夷精舍①

峰下平林渡，筠溪九曲边。

朱祠花四季，幽院柏千年。

绛帐藏歧径②，青衿入紫烟。

盘桓频仰止，如听水潺潺。

注释：

①武夷精舍，又称紫阳书院、朱文公祠，位于隐屏峰下平林渡九曲溪畔，乃朱熹所建，为其著书立说、倡道讲学之所。

②绛帐，为师门、讲席之敬称。

谒林则徐纪念馆①

生未欢兮死未悲②，但为社稷弃安危。

禁烟治水平夷寇，雅范遗徽青史垂。

注释：

①林则徐，清代政治家、思想家、诗人。两次受命任钦差大臣，主张严禁鸦片及抵抗西方列强的侵略，有"民族英雄"之称誉。

②林则徐《赴戍登程口占示家人》有"苟利国家生死以，岂因祸福避趋之"名句。

武夷山九曲溪船上作①

高扯云帆入胜游，丹崖碧水一江秋。

多情鸥迓辽东客②，船尾船头唱不休。

注释：

①九曲溪，是武夷山脉主峰，黄岗山西南麓的溪流，因其有三弯九曲之胜，故名九曲溪。

②迓，迎接。

九曲溪吟歌

妙染丹青叠嶂稠，悠悠竹筏入瀛洲[①]。

溪环九曲丛林密，篙点三弯深谷幽。

崖上诗文觅芳躅[②]，云中宫观隐仙流。

晴空飘洒茶香雨，洗尽浮生万斛愁[③]。

注释：

①瀛洲，指古代中国神话传说中的东海仙山。

②芳躅，指前贤的踪迹。

③万斛愁，极言愁苦之甚。

一九九五年夏驱车
游四川凉山彝族自治州（四首）

其一

龟脊羊肠一路攀，云中鹰唳叹危艰。

惊魂遥望愁肠断，山前还有万重山。

其二

颠簸车如醉酒樽，鸡鸣犬吠入寒村。

何时浩劫三千树，累累伤留斧劈痕。

其三

泥墙土屋掩芳荆，瘦马羸牛负重行。

赤脚顽童车后跑，抚婴老妪正痴情。

其四

迓客欢歌寨落空，屠牛敬酒款文翁。

羞蛾云鬓彝家女，揽镜簪花掩醉红。

黄山迎客松①

黄山南麓玉屏东，天造文殊洞顶松。

张臂恭迎八方客，倾情不倦百龄翁。

根生石隙承霖雨，干上云霄蟠铁龙。

来往争相留倩影，身前日日接春风。

注释：

①迎客松，在黄山文殊洞顶，松破石而长，枝干苍劲，形态壮美，寿逾千年，世称黄山十大名松之冠。一长枝低垂文殊洞口，恰似好客的主人张开手臂迎接四面八方来客，故名。其形象已做成铁画，悬于北京人民大会堂内，作为友谊的美好象征，名扬中外。

黄山光明顶遇暴雨①

光明顶上未光明，雷雨风云苦斗争。

无笠无蓑无避处，遑遑留影便逃生。

注释：

①光明顶，是黄山的主峰之一，其名因此处高旷开阔，日光照射久长。

雨后黄山

仰望不敢画青峰，密雨追风泼黛浓。

疑幻疑真迷醉眼，仙都云里看朦胧①。

注释：

①仙都，神话中仙人居住的地方。

水乡周庄掠影①

一曲弹词醉酒家，桨声灯影忆繁华。

廊桥斑驳民风古，街巷幽深画意赊。

几篓鱼虾归钓叟②，满船菱藕闹村娃。

忽听妙女飞歌处，楼角窗开桃李花。

注释：

①周庄，位于苏州城东南、昆山的西南处，为江南著名水乡古镇，"镇为泽国，四面环水。咫尺往来，皆须舟楫"，至今保存原有的风貌和格局。

②钓叟，打鱼的老人。

钟山访棋僧

扶筇步步仰崚嶒①，雨歇林岚趁日升。

三国志中寻古道，六朝诗里谒高僧。

棋分楚汉烽烟起，指画丹青花露凝。

归望夕辉金顶上，袈裟风卷紫云腾。

注释：

①扶筇，扶着拐杖。崚嶒，高耸突兀，也比喻特出不凡。

题沈阳市文史研究馆①

文老贤才萃一堂，情关国是共商量。

描山绘水呈佳作，富市强民献锦囊。

笔底诗书香满卷，烛前史志泪千行。

西园游罢观东壁②，翰苑芳菲无尽藏。

注释：

①沈阳市文史研究馆1956年成立，沈延毅任第一任馆长。

②西园、东壁，唐代诗人张说有"东壁图书府，西园翰墨林"名句。

沈阳颂（九首）

致《沈阳印象》编者

擘画心裁著锦编，视听兼美出新鲜。

一从开卷心潮涌，千载风云列眼前。

新乐遗址①

幻化光明鹏鸟飞，先民火种护陶围。

农耕渔猎滋繁衍，不息生生映曙辉。

注释：

①新乐遗址，位于沈阳市运河北岸黄土高台之上，系一处原始社会母系氏族公社繁荣时期的村落遗址，距今已有7200多年历史。

秦开雕像

东胡燕北聚狼烟，奋起昭王抗暴权。

大将秦开飞箭镞，旌翻鼓震取辽天。

乾隆《盛京赋》①

一朝两代帝王都，气象繁华夺五湖。

御笔汪洋传大赋，扬葩振藻语连珠。

注释：

①《盛京赋》是乾隆在1743年第一次东巡盛京（沈阳）拜祭祖陵时所作的一篇歌颂先世创业之武功和盛京物产之丰富、人才之鼎盛的文学作品。

重镇情怀①

东方鲁尔未虚名，勋业煌煌一柱擎。

大国今朝称巨子，飞天入海任遨行。

注释:

①沈阳是中国特大城市，也是中国最重要的重工业城市，素有"东方鲁尔"的美誉。

沈阳气度

高梧凤落惠风轻，竞逐芳尘向古城。

最是云蒸霞蔚处，百川归海看潮生。

浑河抒怀

浑河一脉起辽东，毓秀钟灵气若虹。

千古兴衰传故事，万民滋养说新功。

琼楼鳞栉摩云碧，瑶岛芳菲浴日红。

游子争归桑梓地，蒸蒸百业看兴隆。

卧龙湖情思①

王母梳妆落翠珠，龙湖烟景胜蓬壶。

穿红摇雪归舟晚，十里销魂入画图。

注释：

①卧龙湖位于康平县城西一公里处，此湖风景优美，景点繁多，为著名旅游胜地。

福地沈阳

故园风韵老弥新，八表倾心拱北辰^①。

何处宜居称福地，世人羡煞沈阳人。

注释：

①八表，八方之外，指极远的地方。北辰，指北极星，喻帝王或受尊敬的人。

夜游秦淮河^①

花灯棹影满河滨，吴语隔空呼笑频。

丝管悠悠歌细细，六朝粉面已翻新。

注释：

①秦淮河，古名龙藏浦，汉代起称淮水，唐代改称秦淮。杜牧《泊秦淮》诗行世后，秦淮河之名始盛于天下。

谒庐山董奉馆^①

沐雨寻踪访杏林，神医先祖沐恩深。

虽无济世悬壶力^②，如水长持向善心。

注释：

①董奉，三国吴时名医，医术高超，为人治病而分文不取，但要求重患愈者种杏五株。后筑草舍，广播善田，被称为杏林始祖、建安神医。现庐山上建有董奉馆。

②悬壶济世，比喻行医救人，赞颂医生救死扶伤的高尚品德。

船上望宜昌

船出峡江天地宽，千帆竞发水漫漫。

夷陵一展宏图景^①，争借东风放眼看。

注释：

①夷陵，在今湖北省境内，泛指宜昌地区。

香溪①

江北西陵碧草堤，香因浣帕满清溪。

千年胡汉和亲史，佳话如今尚品题。

注释：

①香溪，亦名昭君溪。相传王嫱（昭君）入宫前居此，常在溪边浣洗。洗涤罗帕后，溪水芳馨馥郁，因名"香溪"。汉元帝时，匈奴呼韩邪单于入朝求美人为阏氏，宫人王昭君自愿出嫁。"昭君出塞"成为匈汉两大民族团结和睦历史中的一段佳话。

渡夔门①

擎天巨柱拥夔门，雪浪疯狂咬石痕。

两岸雷鸣云欲雨，惶惶未渡已惊魂。

注释：

①夔门，长江三峡之一瞿塘峡两端入口处，两岸断崖峭壁宛如刀削，形如门户，十分险峻，名"夔门"，素有"夔门天下雄"之称。

观黄河皮筏摆渡

浪里浮沉日夜漂，拼将弱革战黄涛①。

筏夫一嗓冲云破②，雨自苍凉风自豪。

注释：

①弱革，以羊皮制囊为筏摆渡于黄河之中。

②筏夫，指成天撑筏划船、奔波于水上的人。

翠云廊①

漫道将军是武夫，荫留古柏万千株。

今人卧翠消魂处，争赏苍龙百里图。

注释：

①翠云廊位于四川剑阁县境内古驿道上，为近万株行道古柏组成之绿色长廊，绵延200余里。传说张飞曾率士兵百姓植树，故此柏又称"张飞柏"。

船行苏州河

桨弄咿呀过画桥，听莺穿柳亦妖娇。

吴音飞出簪花女①，争向渡头看晚潮。

注释:
①吴音，吴地的语音，也指江南话。

川江号子

上破乌云下镇涛，悚听风雨裹狂号。

惊心动魄川江路，竿点心潮逐浪高。

船过滟滪堆

瞿塘峡口浪花飞，马象魂惊滟滪堆^①。

霹雳一声除险障，川江号子载船归。

注释：

①滟滪堆，位于长江三峡之一瞿塘峡峡口的江心。清代陈裴之《李翁峡江凿滩歌》："滟滪大如象，瞿塘不可上。滟滪大如马，瞿塘不可下。"1959年，此石被炸掉。

行峨眉山道中

苍烟浮霭揽崔嵬①，草木森森曲径回。

秦碣虫文连汉石，宋榆翠影翳明槐②。

敲诗吟客登云上，喝道担夫拨雾来。

何处猿群呼啸涌③，撕衣劫物似狼豺。

注释：
①崔嵬，形容山之高大。
②翳，遮蔽。
③猿群，峨眉山洗象池一带，系猴群栖居处，常沿路边向游人索食。

鉴真高僧

沧海浮槎六渡成，暮年双眇赴东瀛[①]。

经传般若招提寺[②]，从此慈云香火明。

注释:

①鉴真，唐代高僧，为传扬佛法，六次东渡日本，最后双目失明。在中日文化交流史上颇有影响。眇，偏盲。

②般若，指《般若经》，即《大般若波罗蜜多经》的简称。

登华山

万丈天梯匍匐攀[①]，蚁行不觉月光寒。

今宵落魄凌云寺，明日如何敢下山。

注释:

①匍匐，爬行。

题李清照纪念堂①

漱玉才过后主风②，高标一帜立词宗③。

勿从儿女论清婉，激涌豪情气贯虹④。

注释:

①李清照，宋代词人，自号易安居士。李清照纪念堂在山东济南市趵突泉公园内漱玉泉北。

②漱玉，即李清照所作《漱玉词集》。后主，五代南唐后主李煜，以词名世。郭沫若题词："漱玉集中金石录里文采有后主遗风。"

③高标一帜，李清照曾提出"词别是一家"的主张，与诗严格划开界限。词宗，擅长词章的大师。

④李清照是宋词中婉约派代表，多"以清切婉丽之辞，写房帏儿女之事"，但其词中亦不乏奇壮豪放之作。如《夏日绝句》："生当作人杰，死亦为鬼雄。"

雨中谒王尔烈纪念馆①（三首）

其一

蝉噪蛩鸣暑气侵，五更灯火砚凹深。

十年圈破三千卷，折桂蟾宫入翰林②。

注释：

①王尔烈，清代乾嘉时期的"关东第一才子"。其纪念馆坐落在辽阳古城西门里故居"翰林府"。

①折桂蟾宫，即蟾宫折桂，攀折月宫桂花，科举时代比喻应考得中，现多指金榜题名。

其二

瑶峰遗墨古风存①，四壁龙蛇气欲吞。

三百年前隆誉远，后来应作大师论。

注释：

①瑶峰，王尔烈号瑶峰。

其三

风萧萧罢雨潇潇，缱绻碑林颂楚骚。

一日传胪鸣鼓乐①，鲲鹏展翼上云霄。

注释：

①传胪，科举时代殿试揭晓唱名的一种仪式。明代称科举第二、三甲第一名为传胪。至清则专称二甲第一名为传胪。

谒曹雪芹纪念馆①

欲藉甘霖赋朗吟，尊前揖罢敢声音。

皇皇一部红楼梦，惹得文人说到今。

注释：

①此纪念馆指 1996 年在清代吴公馆原址上建立起来的（辽阳）曹雪芹纪念馆。

登山海关

万里长城第一关，巍巍险塞镇狂澜。

龙头北去仍呼啸①，铁炮斑斑带血看②。

注释：

①龙头，即老龙头，在山海关城南4公里处的渤海岸边，经山海关向北伸延。

②铁炮，清军当年遗弃的"镇海侯"铁炮。

游潍坊十笏园

水木清华十笏园①，玲珑仙苑小盘桓。

廊回桥曲楼台外，壁上翩翩舞凤鸾②。

注释：

①十笏园，又名丁宁花园，清光绪十一年丁善宝建为私人花园，因其地基甚小，人喻之为"十笏园"。

②壁上凤鸾，借指书法墨迹，园中壁上镶嵌"扬州八怪"郑板桥、金农等人真迹石刻。

登古琴台①

伯牙挥泪碎瑶琴，从此知音无处寻。

流水高山成绝响②，荒台寂寂草深深。

注释：

①古琴台，又名俞伯牙台，始建于北宋，重建于清嘉庆初年，位于武汉市汉阳区龟山西脚下的月湖之滨，东对龟山，北临月湖，是中国音乐文化古迹，有"天下知音第一台"之称。

①《列子·汤问》："伯牙鼓琴，志在登高山，钟子期曰：'善哉，峨峨兮若泰山！'志在流水，钟子期曰：'善哉，洋洋兮若江河！'"后以高山流水比喻知音或知己。

题林逋墓①

一从鹤迹了无痕，荒冢千年卧晓昏。

惟有梅花情未减，暗香疏影伴孤魂②。

注释：

①林逋，宋代诗人，隐居西湖孤山，一生以梅花、仙鹤为伴，称为"梅妻鹤子"。

②林逋诗《山园小梅》中"疏影横斜水清浅，暗香浮动月黄昏"为千古名句。

雨中游洞庭湖

洞庭百里浪滔天，远岫遥岑雾雨绵。

画手推篷惊辍笔，米家山水挂舟前[1]。

注释：

[1]北宋画家米芾擅以水墨点染法作山水，别出新意。其子友仁继承父法，史称"米氏云山"。

厦门鼓浪屿日光岩

万丈阳光射石台，滔滔浪挟海风来。

涛声浑似鸣金鼓，浩荡水师排阵开[1]。

注释：

[1]明末清初，民族英雄郑成功在此屯兵，操练水师。

南海普陀观音道场

佛国光辉漫海天，慈云缭绕梵声传①。

万人顶礼三躬拜，祈福观音赐善缘。

注释：

①梵声，念佛诵经之声。

武夷山白岩洞悬棺

魂系岩栖天水间，凌云百丈吊悬棺。

僰人卜老天堂处①，千古谜团解说难。

注释：

①僰，古代我国西南地区少数民族。有悬棺、船葬人于岩洞风俗，武夷悬棺传由此来。卜老，选地定居以养老。

游浣花溪①

百花潭外草萋萋，布谷声中信马蹄。

借问仙乡何处有，村姑争指浣花溪。

注释：

①浣花溪，其公园位于成都市西南，北接杜甫草堂，东连四川省博物馆。

山东旅痕

翼翼虔心谒圣游，依依孔府又齐州。

古香脉脉开青眼，邹鲁遗风不胜收①。

注释：

①邹鲁遗风，指孔孟遗留下来的儒学风气。

兰州怀古

一扼咽喉缩戍程，山盘古道水环城。

繁华丝路烟尘远，犹听张班车马声①。

注释：

①张班，指汉代张骞（外交家）和班超（名将），二人均曾出使西域。

泉城济南印象

北河南泰育泉城①，太液余华雪浪生。

啜茗三杯金线水②，诗敲新韵赋峥嵘。

注释：

①泉城济南北流黄河，南横泰山。

②金线水，即金线泉，济南四大名泉之一。北宋诗人曾巩、苏轼皆有题金线泉诗传世。

登蓬莱岛

一上蓬山襟抱开，天风海雨乘时来。

浮槎我欲登仙阁，转瞬苍烟隐蜃台①。

注释：

①蜃台，即蜃楼。

访紫霄宫①

遥闻钟鼓紫云中，曳杖分荆上九重。

拥翠双峰扬袂处②，煌煌宝刹蹑仙踪。

注释：

①紫霄宫，即十堰紫霄宫，位于武当山风景区内，是国家 AAAAA 级景点和世界文化遗产。

②扬袂，举袖。

千山秋兴

登临览胜最宜秋，了尽新愁与旧愁。

千朵莲峰燃火树，万人辽水荡兰舟。

稻田香处诗盈箧，菊节篱边酒满瓯。

休笑阿翁无慧齿①，簪花犹可贯珠喉②。

注释：

①慧齿，机灵的口齿。

②珠喉，比喻圆转如珠的歌喉。

雨中游千山（六首）

其一

无愧关东第一山，峨眉九华共仙班。

每从笑口瞻弥勒，散尽愁云不思还。

其二

烟景辽东胜楚吴，迷濛云雨隐仙都。

山泉乱叠惊飞鸟，一幅天然水墨图。

其三

诡谲云翻南北风，千寻宫殿有无中。

十年未解心经语，此日方知色是空。

其四

风雷斗罢雨倾盆，踉跄扶藜入寺门①。

泪眼诗翁魂未定，画家笔已出雄浑。

注释：

①扶藜，拄着手杖行走。

其五

翻墨流云风雨狂，钟声隐隐梵音凉。

山僧笑我肩头物，不是诗囊是酒囊。

其六

茫茫云海掩青峰，更觉青峰在九重。

吹面风寒梦方醒，急催诗稿觅仙踪。

千山二题（二首）

仙人台

莲花千朵最高峰①，峦嶂重重一抱中。

梦里仙源生足下，踏云张臂欲飞空。

注释：

①千山，又称千朵莲花山。

龙泉寺

古寺庄严香客频，投钱叩首暖风亲。

老僧击鼓心如水，若个虔诚信佛人①。

注释：

①若个，哪个。

千山梨花节纪游（二首）

其一

一夕梨花雨，千峰涤旧尘。

清风吻香雪，云径恋骚人。

寺古钟声远，碑残墨色陈^①。

龙泉三抔后^②，诗意又翻新。

注释:

①千山塔寺棋布，亦多碑刻、摩崖刻石。

②千山龙泉寺中有山泉，常年流水不断，传为"龙涎吐水"。

其二

雪抱青山翠，云蹊挽玉纱。

风来香透骨，鸟啭蝶飞花。

遣兴游程远，吟魂日影斜。

一枝春带雨^①，未许牡丹夸。

注释：

①唐代白居易《长恨歌》："玉容寂寞泪阑干，梨花一枝春带雨。"以梨花喻杨贵妃娇美情态。

洛阳牡丹节

岂是花王浪得名，天然香色压群英。

年年三月人潮涌，蝶舞蜂迎入洛城。

太湖垂钓

碧水湾头楼外楼，凭窗览尽五湖秋。

倾樽犹未饶诗兴，一苇烟波放钓舟。

登泰山

气吞北岳压南衡，雄踞东方独美名^①。

千古帝王封禅处^②，报功天地拜峥嵘。

注释：

①泰山地处东部。古人以东方为万物交替、初春发生之地，故称泰山为"五岳独尊"。

②封禅，帝王祭天地的典礼。自秦汉以后，历代王朝都把封禅作为国家大典。

昆明印象

敢问天公爱不均，此城独占四时春。

风光醉倒八方客，尽是流连画里人。

望湖楼上遇暴雨①

攒眉西子卧寒秋②，浪卷三潭失渡头。

雷电云中争胜负，满湖风雨满湖愁。

注释：

①望湖楼又叫看经楼、先得楼，位于西湖断桥东，为西湖名楼。
②攒眉，皱起眉头，不快或痛苦的神态。

洞庭湖上作

仙桡初探洞庭秋，海雨天风助壮游。

一记千年魂尚在①，凌波遥拜岳阳楼。

注释：

①一记，指《岳阳楼记》，是北宋著名文学家范仲淹创作的一篇名文，表达了"先天下之忧而忧，后天下之乐而乐"的爱国爱民情怀。

游卧龙湖^①

鸣橹如歌载钓翁，烟波渐入小方蓬^②。

何时野鹤排云上，随处繁花出水红。

满袋诗笺情恣肆，一钩鱼篓月朦胧。

从兹不作孤山客，自结茅庐伴卧龙。

注释：

①沈阳卧龙湖位于康平县城西，风光优美，景点繁多，为辽宁著名风景区。

②方蓬，方壶及蓬莱的合称，二者均为传说中的海上仙山。

芦花甸纪游

一夜芦花雪，寒塘遍地秋。

纱云围满月，烟渚泊孤舟。

影乱沙凫噪，杯空羁旅愁。

诗程明日远，囊橐可丰收①？

注释：

①囊橐，囊与橐都是用来盛东西的，因此称富有才学的人为囊橐。

盘锦苇海之秋

辽宁盘锦苇海方圆百里。时秋风飒飒，海涛声芦苇声混杂震天，如闻沙场呐喊，兵戈相击。而远望芦花翻滚，似雪浪排空，真奇景壮观也。

蔽日遮天风怒号，伏兵十万拥旌旄。

群鸦啼落霜晨月，百里芦花卷雪涛。

本溪关门山秋怀

一夜秋风万树金[1]，泉悬九叠似鸣琴。

啁啾鹏鸟撩诗兴，三面青峰助朗吟。

注释：

[1]本溪关门山素以秋天枫林的绚烂景色闻名遐迩。

沈阳新民西湖（四首）

其一

百里莲花镜上铺，佳名唤作小西湖。

风摇翠伞传香处，天作仙姝出浴图。

其二

平原千里古城西，琼岛烟波惹画迷。

我饮澄湖三勺水，清吟不用点灵犀。

其三

天公合是造双娇①，楚楚关东未寂寥。

醉沐荷风归棹晚，一蓑烟雨润诗瓢②。

注释：

①杭州西湖久已闻名海内外，沈阳新民亦辟西湖，景色宜人，堪称天下南北双娇也。

②诗瓢，贮诗稿的瓢。

其四

云舫中流雪浪花，仙楼一角露芳华。

惊眸霞蔚云蒸处，万点红莲待画家。

美国拉斯维加斯赌城①

闹过三更到五更，电光歌舞始潮平。

奢华世界金如土，缭乱人生浊抑清。

巨厦玄机鸣日夜，万人红眼赌输赢。

囊空我作旁观客，听罢笑声听哭声。

注释：

①拉斯维加斯是一座不夜城。每日晚八时始全城灯光辉耀，满街歌舞秀尽情表演，通宵达旦。

法国巴黎圣母院失火惊题

圣殿千年一炬焚[①]，世人垂泪数伤痕。

可怜胜迹成遗迹，雨果如知合断魂[②]。

注释：

[①] 2019 年 4 月 15 日，巴黎圣母院失火。

[②] 雨果，法国 19 世纪积极浪漫主义文学的代表作家，1831 年其长篇小说《巴黎圣母院》问世。

赴东京国立博物馆参观颜真卿《祭侄稿》真迹展览作[①]

皇皇珍墨耸高标[②]，愤笔千年气未凋。

十里长街朝圣者，躬身一瞥梦魂摇。

注释：

[①] 2019 年 1 月 16 日，"颜真卿——超越王羲之的名笔"在日本东京国立博物馆举行。作为顶级展品共展览 42 天，参观人数达 20 万之巨，可谓盛况空前。

[②]《祭侄稿》系颜真卿创作于唐乾元元年，即公元 758 年，被称为"天下第二行书"。

初访夏威夷①

万里汪洋浮翠珠，俨然梦里入蓬壶②。

风清草碧无寒暑，沙暖波平遍白乌③。

国父文中情似火④，汉卿坟上雨如酥⑤。

悠哉四海休闲客，来往花街赏画图。

注释：

①夏威夷，为北太平洋夏威夷群岛的最大岛，属美国。岛上多大山，气候凉爽，风景宜人，其州府火奴鲁鲁（又名檀香山），是世界著名的旅游疗养胜地。

②蓬壶，传说蓬莱（即蓬壶）、方丈、瀛洲为三仙山。

③白乌，白皮肤与黑皮肤，泛指各种肤色人。

④国父，指孙中山。1894年11月，孙中山在檀香山联合华侨人士组织创立中国资产阶级革命团体兴中会，提出"驱除鞑虏，恢复中华，创立合众政府"的奋斗纲领。

⑤汉卿，即张学良。张学良晚年居夏威夷，逝后葬于夏威夷。

清兴雅吟

题画诗（八首）

古人云，"诗堪入画方称妙，画可融诗乃为奇"。道尽诗与画之"美美与共"。兹选古今八图试以七绝题咏，捻断数茎须，稍得逸趣耳。

寒江独钓图①

暮雨烟蓑泊钓船，不为酒兴捕鱼鲜。

但求三尾寒江鲤，换得妻儿买米钱。

注释：

①古今画家多以寒江独钓为题材作画，最负盛名者当推南宋马远所作之《寒江独钓图》。

佳人抚琴图

泠泠心曲对谁弹，泪洒朱弦碧涧寒。

惟有松间一痕月，清辉缱绻共阑珊①。

注释：

①缱绻，形容感情深厚。

西湖残荷图

绝世风华一夜摧，香魂未泯旧池台。

故人毋落伤心泪，六月明年别样开①。

注释：

①六月，宋代诗人杨万里诗《晓出净慈寺送林子方》："毕竟西湖六月中，……映日荷花别样红。"

采薇图①

策杖移家入紫烟，老苔如簟卧林泉。

满篮不待簪缨客②，自酿山醪款上贤。

注释：

①采薇，采摘野豌豆，其种子、豆、茎均可食用。采薇在中国传统文化中有着重要的象征意义，它代表着清高、纯洁、自力和自强。

②簪缨，古代官吏的冠饰，诗文中因以代指贵官。

梅雪图

讼事千年可有无，梅香雪白未赢输①。

东君妙结疑难案②，合作春光入画图。

注释：

①南宋诗人卢梅坡《雪梅》："梅须逊雪三分白，雪却输梅一段香。"

②东君，古代指司春之神。

陆游咏梅图

梅魂吟骨两沉酣，家国忧思诵剑南。

梦里冰河驰铁马①，惊鸿照影又何堪②。

注释：

①陆游诗《十一月四日风雨大作》："夜阑卧听风吹雨，铁马冰河入梦来。"
②《沈园二首》："伤心桥下春波绿，曾是惊鸿照影来。"

霸王别姬图

力拔山兮气贯虹，王图霸业两空空。

可怜引颈乌江畔，浩叹千秋说鬼雄①。

注释：

①鬼雄，鬼中之雄杰，用以誉为国捐躯者。

芦花寒鸦图

画遍芳华千百家，欲从八大访寒鸦①。

黄芦无力添姿色，惟解漫天作雪花。

注释：

①八大，即八大山人朱耷，明末清初杰出画家。《枯木寒鸦图》是其代表作之一。

乔迁新书房寄慨

比邻星月卧云端，天地登时景象宽。

滚滚红尘行类蚁，萧萧白发稳如磐。

晴窗雨后花渐瘦，老酒诗中笔正酣。

休说重阳风味少，菊英兰露正堪餐①。

注释：

①先秦诗人屈原《离骚》："朝饮木兰之坠露兮，夕餐秋菊之落英。"

古稀抒怀（二首）

其一

狷介宁为宠辱惊①，铮铮本色是书生。

痴于翰墨开新境，耻藉权钱炒盛名。

罢酒兴来踏春去，推门友至倒屣迎②。

烟霞③览尽歌慷慨，云卷云舒乐太平。

注释：

①狷介，指孤高洁身。近义词为清高。

②倒屣迎，倒穿着鞋出来迎接客人。形容迎接客人非常热情。

③烟霞，本意是烟雾和云霞，也指山水胜景。

其二

百味人生世事艰，删芜就简便清欢。

敲残琶板诗方辣[1]，游衍江山兴未阑。

戏墨殊堪偿酒债，摛文差可戴儒冠[2]。

泠泠古韵无人赏，且自调弦对月弹。

注释：

[1]琶板，即铜琵琶，铁绰板，指为豪放歌曲伴奏的乐器。亦借指激越豪放的乐曲或文章。

[2]儒冠，儒生戴的帽子亦借指儒生，后泛指读书的人。

诗书雅会（二十二首）

旅吟遣寄

幽居久欲遣闲愁，一杖飘然作胜游。

花鸟情兼山水癖，兴来诗笔两悠悠。

谒杜甫草堂[①]

草堂谁敢耸吟肩[②]，万丈光焰在眼前。

茅屋千年歌未止，今人一咏一潸然。

注释：

①杜甫草堂，位于成都市青羊区，是首批全国重点文物保护单位、国家一级博物馆。代表景点有少陵草堂、大雅堂、万佛楼、浣花祠等。
②吟肩，诗人的肩膀，因吟诗时耸动肩膀，故云。

上海国际书法笔会①（二首）

其一

际会风云海上行，北碑南帖列麾旌。

烟霞烂漫龙蛇舞，醉写尧年世纪情。

其二

新潮古法浦江东，一夜论争兴未穷。

我欲飞椽掀墨海，风翻浪里辨鱼龙。

注释：

① 1999 年 12 月 25 日，参加"99 上海当代中国书法名家国际邀请展"即席作。

北戴河笔会

鹤发飘萧气未衰，海天襟抱浩然开。

澜翻笔底资吟啸，阵马风樯取次来①。

注释：

①阵马风樯，即风樯阵马，比喻气势雄壮，行动迅速。也比喻文笔遒劲爽利。

庐山诗阵

争奇今古蹑高风，吟笔摇残愧大同。

独有坡仙开慧眼，横看成岭侧成峰①。

注释：

①宋苏轼诗《题西林壁》："横看成岭侧成峰，远近高低各不同。"

吟啸黄鹤楼

南腔北调亮吟喉，一夜飞花令未休。

且看辽东叉手者①，拍栏也唱大江流②。

注释：

①叉手者，凡八叉手而八韵成，时人称为八叉手，传唐温庭筠有"八叉手"之称。此谓诗思敏捷之意。

②南北朝谢朓诗《暂使下都夜发新林至京邑赠西府同僚》："大江流日夜，客心悲未央。"

岳麓山咏怀

爱晚亭缘小杜名①，骚人追仿续高情。

可怜慷慨三千咏，谁个清于老凤声②。

注释：

①小杜，唐杜牧诗《山行》："停车坐爱枫林晚"。

②唐李商隐诗："雏凤清于老凤声"。

西安行吟

秦宫汉苑久凝眸，万国衣冠拜冕旒①。

诗史皇皇传大吕，吟虫几许乱啾啾。

注释：
①唐王维诗《和贾至舍人早朝大明宫之作》："九天阊阖开宫殿，万国衣冠拜冕旒。"

成都诗垒

古馆临江坐晚秋，一壶清茗会诸侯。

排诗阵似龙门阵，琶板铿锵共唱酬。

拉萨采风

千年圣殿气吞天，松赞文成结宿缘①。

七彩祥云连碧宇，几回瞻谒几魂牵。

注释：

①唐太宗为了巩固国家统一，将文成公主下嫁给吐蕃国王松赞干布，这一政治联姻与文化交流，使佛教在西藏得到迅速发展，也为两国友好关系做出了巨大贡献。

草原诗宴

老夫聊发少年狂，纵马追鹰乐未央。

篝火连宵歌且舞，一杯浊酒一诗章。

雨花台赛诗会

金陵一望大江开，咏絮才逢夺锦才。

高仰丰碑争浩唱①，纷纷泪洒雨花台。

注释：

①南京雨花台烈士陵园建有革命烈士纪念碑等，为全国爱国主义教育示范基地。

流杯池咏题①

对笑华颠野菊开，驰毫风起小池台。

但因胸有三竿竹，口吐莲花绝俗埃。

注释：

①流杯池，重庆万州流杯池，因北宋大书法家、诗人黄庭坚曾在此以曲水流觞宴饮并书写了"西山碑"而闻名天下，为古万州的一大人文胜景。

蓬莱阁咏叹

引颈蓬莱祈寿方，几曾寻梦渡重洋。

可叹天子仙根浅[1]，空惹千年笑一场。

注释：

[1]秦始皇一心追求长生不老，听说登上蓬莱仙山可以取来长生不老药，于是派人去寻找仙山，结果都以失败告终。

丁香湖咏赞[1]

何须西子醉壶觞，十里仙湖水亦香。

知我多情莺百啭，争衔花瓣落吟床。

注释：

[1]丁香湖是沈阳最大的城中湖，是一个著名的大型生态公园。

中日书家蓬莱笔会

珠穆峰连富士峰，樱花艳并牡丹红。

联欢诗笔如弦管，凤舞龙吟颂雅风。

太湖漫兴

千里芦花蔽太湖，兵戈鏖战忆东吴。

秋风小试丹青手，急就皓天飞雪图①。

注释：

①皓天，昊天，苍天。

豪唱岳阳楼

悠然曳杖上楼台，谈笑倾杯会楚才①。

狂墨淋漓风挟雨，云龙腕底自飞来。

注释:

①楚才，亦作楚材，楚地的人才，泛指南方的人才。

挥墨湘江

大江歌罢欲收工，骤起狂风雨打篷。

一浪袭来翻墨渖，诸公笑我似包公。

昆明诗会

滇池千里阵门开，槌鼓扬帆何快哉①。

剪水裁云三百首②，喧喧鸥鸟助吟怀。

注释：

①槌鼓，擂鼓，击鼓。

②剪水裁云，剪流水，裁行云。比喻诗文构思精妙新巧。

漓江小唱

一星渔火惹诗愁，无那烟蓑卧芥舟①。

幸有嘉鱼堪下酒，鸬鹚②陪到月如钩。

注释：

①芥舟，小舟。

②鸬鹚，别名水老鸦，鱼鹰，善于捕鱼之鸟。

答卢林①

谁个寅时扰梦安②，攒眉欲怒却心欢③。

感君情切知音久，愧我才疏点慧难。

坟典三更襟拭泪④，江山万里笔澜翻。

抱琴来日须对酌，大小珍珠落玉盘。

注释：

①卢林，中国书法家协会会员、辽宁省书法家协会副主席、沈阳市书法家协会主席，沈阳市政协书画院院长，冰天诗社秘书长。

②寅时，凌晨3时至凌晨5时。卢林曾在寅时给作者发短信。

③攒眉，皱眉，表示不愉快。

④坟典，指"三坟五典"的并称，后来转指古籍。

除夜生日试笔

终宵灯火未阑珊①，一瓮春醪笔墨欢。

狂写梅花振风骨，频敲竹韵报平安②。

苦寻珠玉诗肩瘦③，久念娘亲血泪干。

最是苍天垂爱悯，玉龙百万兆丰年④。

注释：

①终宵，通宵，整夜。

②竹报平安，祝颂语，指向家人报平安。

③诗肩瘦，原意是贫寒与苦吟使诗人肩胛耸起，后形容诗人苦吟。

④意思是天上玉龙三百万，相互打斗以至败鳞残甲满天飞舞，后用以形容大雪纷飞。

古稀咏怀

宠未骄矜辱未惊，阿翁本色是书生。

略无媚骨追轩冕①，惟有高怀寄性情。

笔下纵横云鹤舞，坊间呱噪井蛙鸣。

长嗟旧雨多零落②，对酌谁堪肝胆倾。

注释:

①轩冕，古代士大夫所乘的车、所戴的礼帽，借指官位爵禄。

②旧雨，老朋友的代称。零落，稀稀落落。

无题

春江古渡柳如烟①，白鹭追呼慢放船②。

执手偏听风缱绻，分襟未语泪潺湲③。

十年离乱惊诗梦，万斛忧愁醉酒泉④。

幸是青山依旧在，飘然鹤发两瀛仙⑤。

注释：
①古渡，古老的渡口。
②放船，放开船缆，使船航行。
③分襟，离别。
④万斛忧愁，十斗为一斛，古人以"万斛愁"语极言愁苦之甚。
⑤瀛仙，神仙，对别人的敬称。

茶兴诗情（十二首）

情款猴魁①

佳名雅美号魁尖，碧叶娇娇不忍拈。

含咀一枚心脾润，幽香袅袅透疏帘。

注释：

①猴魁是中国十大名茶之一。产于黄山，因茶品质为尖茶之魁，又首创于太平县猴坑，故定名为"太平猴魁"。

乌龙雅范①

新停杯杓拜茶仙，一把砂壶伴寿年。

三日乌龙香颊齿，诗情汩汩涌如泉。

注释：

①乌龙茶，是独具中国特色的名茶。亦称青茶，半发酵茶，可减肥健美，产于福建闽北、台湾、广东等地。主要品种有铁观音、凤凰水仙、罗汉沉香等。

普洱心语①

大雪拥门心未慌，小炉普洱细煎汤。

香魂缕缕滇南梦，茶马悠悠古道长。

注释：

①普洱茶，是中国十大名茶之一，产自云南普洱。唐宋时通过"茶马古道"销往西藏和域外。

毛峰仙客①

春宵梦里上黄山，寻采云腴雾霭间。

秀嫩芽毫如雀舌，几枚香雪列仙班②。

注释：

①黄山毛峰是中国十大名茶之一，属于绿茶。因采自安徽黄山高峰，遂名黄山毛峰。

②仙班，天上仙人的行列。

歌唱白菊①

淋漓大汗捕蚊蝇，眩眊抄经苦不能②。

三盏琼浆杭白菊③，穿针引线眼如灯。

注释：

①白菊，是我国传统的栽培药用植物，也是菊花茶中的一个品种，具有明目清热功效。

②眩眊，眼睛昏花。

③杭白菊茶，为桐乡地区特产，是菊花茶中的优良品种。

东方美人①

蝉噬乌龙品自佳，一瓯甘露九枚芽。

美人不厌诗翁苦，款款情思对月华。

注释：

①东方美人，又名白毫乌龙茶，产于台湾，有福寿茶之称。传说百年前英国茶商将此茶呈献英国维多利亚女王，因香色俱佳，大受赞美而赐名"东方美人"。

碧螺春梦①

盼得明前把玉壶，烟花三月访姑苏。

激扬诗兴何须酒，一碗螺春醉太湖。

注释：

①碧螺春，别名佛动心，是中国十大名茶之一，属于绿茶类。因色泽银绿，碧翠诱人，卷曲成螺，又产于春季，故名。碧螺春产于江苏省苏州市太湖洞庭山。

君山银针①

甘将酒具换茶经，飞棹扬波下洞庭。

八百里闻香汗漫，大唐风韵涤心灵。

注释：

①君山银针是中国名茶，产于湖南岳阳洞庭湖中的君山，属于黄茶，其形细如针，故名。

神交龙井[①]

酕醄未必解千愁[②]，龙井沾唇忿闷休。

识得卢仝三境界，花开花落自悠悠。

注释：

①龙井茶被列为中国十大名茶之首，产于浙江杭州西湖龙井村一带，已有1200余年历史。此茶有"色绿、香郁、味甘、形美"四绝之誉。

②酕醄，形容大醉。

魂系红袍[①]

乌龙摇尾入砂壶，三嗅飘然暑气无。

放胆漫翁诗兴发，武夷期会玉川卢[②]。

注释：

①武夷大红袍，产于福建武夷山，属乌龙茶，品质优异，乃中国特种名茶。因早春茶芽萌发时，远望通树艳红似火，若红袍披树，故名。大红袍素有茶中状元之美誉，乃岩茶之王。

②玉川卢，即卢仝，号玉川子，唐代诗人，被尊称为"茶仙"。

祁门情天[①]

春寒千里赴祁门，丰盏鲜汤欲放魂[②]。

红艳高香推极品，金牌万国独称尊[③]。

注释：

①祁门红茶，产自安徽，是中国十大名茶之一，与印度大吉岭红茶、锡兰红茶并称"世界三大高香红茶"。

②放魂，旧指农历正月朔日至十八日收灯止，纵少年尽情欢乐游戏，无论昼夜。

③1915 年，祁门红茶在巴拿马万国博览会上获金奖。

蒙顶甘露[①]

未啜仙茶暑气消，风生两腋欲扶摇[②]。

山鹰不解吟敲苦，劫我新篇上九霄。

注释：

①蒙顶甘露是中国最古老的顶级名茶，属于炒青绿茶，被尊为茶中故旧，名茶先驱。因产于雅安蒙顶山山顶，故名。蒙顶山亦被称为世界茶文化圣山。

②扶摇，腾飞。

饮茶咏题（二十首）

其一

竹隐茶寮避世哗①，往来高士竞相夸。

幽林如此清凉地，浑似仙家与佛家。

注释：

①茶寮，品茶的小斋，茶馆。

其二

落叶萧萧噪暮鸦，围炉新火煮秋茶。

农夫争说丰收事，茧手频频拭泪花。

其三

古井寒泉烹碧针，吻唇轻呷润禅心。

何须拂暑摇蕉扇，自有松风助朗吟。

其四

高天七月火难收，倦眼枯肠渴吻喉。

忽起清风生两腋，一杯佳茗到瀛洲。

其五

日日吟敲笔未荒，吻喉滋润齿犹香。

壶杯佳茗三盟友，未负斋名大雅堂。

其六

偎傍梅溪结草庐，老夫今日扮茶夫①。

松炉细火班章老②，主客喧喧语贯珠。

注释：
①茶夫，指旧称供茶水、打杂差的工役。
②班章老，即老班章，是普洱茶的鼎鼎大名者，被誉为"普洱茶王"。

其七

泠泠绿绮绕霜庭①，朗月邀来驻足听。

共品狮峰香细细②，天人相惜两惺惺。

注释：

①绿绮，古琴的别称。相传汉代司马相如得"绿绮"，如获珍宝。

②狮峰，即狮峰龙井，是西湖龙井茶的一个品种，产于狮峰山。其色泽黄嫩，高香持久，汤色清冽，被誉为"龙井之巅"。

其八

雪庐无扇自清凉，日日茶香伴墨香。

闲弄瑶琴三曲罢，铿锵信口吐琳琅①。

注释：

①琳琅，精美的玉石，借指优美的诗文、珍贵书籍。

其九

春雨潇潇客洞庭，敢充酒鬼醉高龄。

青螺摇翠云涛涌，吓煞人香杯不停①。

注释：

①人香，人体之香味。

其十

大别山陲逸兴高，三杯千里解烦劳①。

一时香漫衡门馆②，茶女红袍献绿袍。

注释：

①六安瓜片，是安徽大别山三大名茶之一。
②衡门馆，衡门的屋舍，言其简陋，借指士庶或隐者居住之处。

其十一

鸿蒙初辟遍烟萝①，雾养云滋仙草多。

雀舌不遗衔种力，庐山无处不茶歌。

注释：

①鸿蒙，古人认为天地开辟之前是一团混沌的元气，此元气叫做鸿蒙。

其十二

匡庐八月雪霏霏①，金顶云开览翠微。

古刹僧多茶客少，几分禅悦忘回归②。

注释：

①匡庐，指江西的庐山。相传殷周之际有匡俗兄弟七人结庐于此，故称。

②禅悦，令修习者享受到常人无法享受到的"禅悦"或"三昧乐"，是佛教所说定心的一大功用。

其十三

昆仑峰雪万千年，艰险担回激石泉。

烹煮不嫌茶树老，金汤一口欲成仙。

其十四

年年谷雨上黄山，掇采毛峰气若兰。

五粒银毫诗兴起，疯狂题咏佐嘉餐。

其十五

酒壶今日换茶壶，洪醉多年鹤发疏。

玉茗仙芽白如雪，一杯香齿咏锵如①。

注释：

①锵如，形容玉声清脆。

其十六

漫天弥地一园香，避火惶惶树底藏。

茗鼎泉烹三片雪，果真佛国最清凉①。

注释：

①佛国，宋代王十朋《茉莉》："没利名嘉花亦嘉，远从佛国到中华。"

其十七

一壶龙井坐花阴，月满芳园香满襟。

蜂蝶何时成知己，且歌且舞助清吟。

其十八

阿老归欤惜岁华^①，东篱半亩种黄花。

茱萸插遍重阳日，款客瑶杯品菊茶。

注释:

①归欤，返回本处，引申义为辞官回家。

其十九

摇断蒲葵也枉然①，蜗行汗雨火烧天。

松阴幸遇茶摊主，狂饮三瓢不问钱。

注释：

①蒲葵，别名扇叶葵，棕榈科属木本植物。其叶为扇形，可以编制葵扇。

其二十

草庵饶有古禅风①，汤色浑如各不同。

金谷三杯香馥郁②，狮峰一盏入瑶宫③。

注释：

①草庵，即待庵，是日本著名的草庵茶室。此诗以日本茶与龙井狮峰茶比较而作。

②金谷，为日本静冈所产的名茶。

③瑶宫，神仙所居之处。

《心经》书法日课杂咏（十首）

其一

近赏繁花远望星，满笺风韵拟兰亭。

每从般若开蒙昧，心画绵绵到鹤龄。

其二

一炷心香百卷经①，神闲气定自安宁。

但能笔意通禅意，便觉莲花开满庭。

注释：

①心香，旧时称中心虔诚，就能感通佛道，同焚香一样，比喻十分真诚的心意。

其三

熹微沐浴晚燃香，点画精工意味长。

不敢佛前称弟子，心随般若入禅堂。

其四

古砚深凹两鬓枯，一丛香雪伴衡庐①。

青灯黄卷三更月，频转毛锥如捻珠②。

注释：
①衡庐，谦称自己所居简陋的房舍。
②毛锥，毛笔的别称。

其五

茶瓯飘雪墨生香，涤虑凝神录典章。

一自参明三境界①，便能只眼辨微茫。

注释：

①三境界，即佛教三界，通常指众生所居之欲界、色界、无色界。

其六

莲花池畔雨零星，斑管从容已鹤龄①。

课罢推窗日初起，群仙出水玉亭亭。

注释：

①斑管，以斑竹为管的毛笔。鹤龄，通常指长寿，也用来形容年老的人。

其七

禅境偏从笔墨开①，心香一炷仰莲台。

孜孜日课忘寒暑，自得悠哉与快哉。

注释：

①禅境，首要含义是禅定，是一种宗教修习方法。就是依靠思想意志的高度集中，反观内心，清除杂念，以达到宁静状态，从而在身心上产生异乎常人的功能。

其八

何须讨药问岐黄①，般若中藏不老方。

沐手躬书千卷后②，心无挂碍寿而康。

注释：

①岐黄，岐伯和黄帝，相传为医家之祖。后以岐黄为中医医术的代称。

②沐手，敬辞，与"焚香"意思相近，表示对书籍、佛祖的尊敬。

其九

曾羡金经①妙墨才，久为空色苦疑猜。

年来了悟知清净，心底莲花次第开②。

注释：

①金经，指佛道经籍。

②次第开，指花朵一个接着一个地开放。

其十

一日一笺如印心①，孤檠香缕染兰襟②。

廿年铁砚磨穿日，意寄禅林与墨林③。

注释：

①印心，佛家谓印证于心而顿悟。

②孤檠，孤灯。兰襟，芬芳的衣襟。

③禅林，佛家修行的寺院。

七秩心语

聊充小隐谢簪缨①，小筑山陲养性灵②。

半亩雪梅当画读，三更雨荷作琴听。

多情风月常陪酒，无意贪奢不念经。

鹤顶丹砂振仙羽，与吾松下比高龄。

注释：

①谢，推辞，拒绝。

②小筑，指规模小而比较雅致的住宅，多建于幽静之处。

古稀自遣

惜未超然是俗家，空知诗酒趁年华①。

扁舟撑遍三江泪，椽笔描残五岳霞。

尚有稀须堪啸咏②，从无媚骨可矜夸。

山居忝作新庄主，醉赏梅花抱雪花。

注释：

①宋苏轼《望江南·超然台作》："诗酒趁年华。"意谓作诗醉酒都要趁年华尚在啊。此句表达了词人豁达超脱的襟怀与超然物外的人生态度。韶华匆匆，何不借诗酒自娱。

②啸咏，犹歌咏。

附：高崇生奉和董文原韵一首

众羡超然是大家，纯情诗酒厚年华。

砚池盛注三江水，椽笔描红五岳霞。

虽见稀须仍啸咏，终呈傲骨不虚夸。

山居堪作新庄主，醉赏梅花抱雪花。

戊子年重阳节千山笔会即席作①

独立辽东第一峰，浩然万里抱鸿蒙。

雪拥寺外三秋菊，火蔓山前十里枫。

灭烛怜光观月朗，持螯把酒话年丰。

漫嗟翰苑皆新锐，老笔纵横气自雄。

注释:

①千山，位于辽宁省鞍山市，为山岳型景区，是国家级风景名胜区。景区有百年以上的古树名木近万株。有"五大禅林、九宫八观、十二茅庵"等大小寺观40余座，拥有世界最大玉佛等著名人文景观。

退休感怀

准拟高秋可息肩①，奈何解甲未归田。

铿锵东壁传诗律②，诡谲西园说草颠③。

拄杖曾寻千仞塔，掀髯又上一重天。

耽情稼穑无休止，苦乐盈盈遂忘年。

注释：

①准拟，希望，料想，准备，打算。

②东壁、西园，唐张说诗《恩制赐食于丽正殿书院宴赋得林字》："东壁图书府，西园翰墨林。"

③草颠，指唐代草书大家张旭，此指传授书法。

除夕生日咏怀①

快意今宵酒瓮干，喧天爆竹贺儒冠。

兴挥老笔忘情舞，醉抱瑶琴带泪弹。

腹有诗书方富贵，心无挂碍自宁安。

梅花的是多情友，吐尽清香伴岁寒。

注释：

①此日与我生日（农历）同一天。

无题（四首）

其一

浩叹知音世所稀[①]，杯中惟有月依依。

招来鸥鹭为诗侣，唱和陶然共忘机[②]。

注释：

①唐孟浩然《留别王侍御维》："当路谁相假，知音世所稀。"

②忘机，忘掉世俗的机巧之心，淡泊名利，与世无争。

其二

颓笔三千鬓发稀，通灵心手两相依。

吴绫蜀锦夸神女[①]，握杼还将足蹈机。

注释：

①吴绫蜀锦，泛指各种精美的丝织品，比喻高贵。

其三

寥落霜天花鸟稀，一壶篱菊醉偎依。

十分清兴观天外，云卷云舒自息机。

其四

揽镜掀髯笑古稀，青缃如岳百瞻依①。

芳菲三径供诗料，遂使讴吟绝俗机。

注释：

①青缃，青色和浅黄色，亦指两种颜色的织物。古代常用这种颜色的布帛做书衣、封套，因用以指书籍、画卷等。

古稀寄怀

少恋青山老恋湖，新知旧雨远相呼。

情钟书道兼诗道，兴寄茶壶与酒壶。

堪可三熏三沐浴^①，难能半醒半糊涂。

闲观天外云舒卷，物我身心本一如^②。

注释：

①三熏三沐，多次洗澡并焚烧香料熏身，表示十分虔诚或对所接待的人
隆重礼遇，十分尊重。
②一如，指的是完全相同、全像。

酷暑漫吟

万民如蚁困蒸笼，汗雨无休溽暑中^①，

花鸟恹恹生倦怠^②，山林寂寂失茏葱^③。

漫研古墨三杯酒，狂写新篁满座风^④。

款客何须分羽扇^⑤，一瓯清茗乐融融^⑥。

注释:

①溽暑，指盛夏气候潮湿闷热。

②恹恹，精神萎靡的样子，也用以形容病态。

③茏葱，葱茏，草木青翠茂盛。

④新篁，新生之竹。

⑤款客，诚恳殷勤地款待客人。

⑥瓯，指中国古代酒器，古人也将陶瓷简称为瓯，饮茶或饮酒用。如唐白居易诗《咏意》："或吟诗一章，或饮茶一瓯。"

晚秋漫兴

阅尽沧桑意气平，菊香缱绻绕寒檠①。

常摩古简思千载，偶赋新诗诵五更。

草木荣枯时有序，江河盈竭水无情。

囊空我未愁沽酒，一笔龙蛇换玉觥②。

注释:

①寒檠，寒灯。

②玉觥，玉制的酒杯，亦以代酒。

中秋望月寄怀

宝镜光年破寂寥[①]，天涯海角共良宵。

谁家玉笛梅三弄[②]，此夜黄花酒一瓢。

离乱归心愁蹇涩[③]，团圆洒泪话丰饶。

嫦娥不负苍生愿，许以明天色更娇[④]。

注释：

①宝镜，月亮的别称。

②梅花三弄，系古笛曲名。

③蹇涩，困厄，不顺利。

④谚云，"十五的月亮十六圆"。

重阳漫咏

果然秋日胜春朝，满眼斑斓菊正娇。

爽沐金风心赏月，早观俊鸟夜听潮。

霞飞万里驱霾雾，鹤唳三声破寂寥。

莫笑吟翁黄发少，簪花一曲酒空瓢①。

注释：

①簪花，是中国古代头饰的一种，也叫戴花、簪戴、插花，就是将鲜花戴在头上。此指插戴菊花。

壬寅春分戏作①

春寒避疫隐云巢②，闭户何妨雅兴高。

怀古挑灯摩简策，操琴飞指弄吟猱③。

玉庭梅抱三冬雪，汤鼎茶烹八月涛。

一梦华胥豪酌后④，也曾沧海驾鲸鳌。

注释：

①壬寅，公历 2022 年。

②云巢，高处的鸟巢，亦指隐居修道之处。

③吟猱，指弹琴的指法。

④一梦华胥，梦见到了华胥国，指白日美梦，难以实现。豪酌，豪饮。

壬寅初雪喜作

雨雪霏霏沐阁斋，推窗放入大山来。

烟云缥缈迷幽径，天地清宁绝俗埃。

如佛如仙频狎谑，亦真亦幻费疑猜。

放翁门下寻诗客①，敢问梅花几度开。

注释：

①放翁，指南宋爱国诗人、词人陆游。陆游号放翁。

山居清兴

稀年心手未蹉跎^①，小葺茅斋隐旧窠^②。

一丈莲池香散漫，三竿竹叶影婆娑。

兴来笔写芝兰谱，意寄弦弹敕勒歌^③。

最是飞觞招俊友^④，叩舷赓韵乐如何^⑤。

注释:

①稀年，即古稀之年，70岁的代称。

②旧窠，旧窝。

③敕勒歌，是一首著名的北朝民歌，勾勒出了北国草原壮丽富饶的风光，抒写了敕勒人热爱家乡、热爱生活的豪情。

④俊友，才智杰出的朋友。

⑤赓韵，和韵为诗。

中秋漫题

盼得今宵了梦思，相拥泪洒月圆时。

半消瘴疬忧难解，初现虹霓乐不支。

东圃黄花堪下酒，西山红叶待题诗。

广寒仙子乡心切①，舞袖凌风下玉墀②。

注释：

①广寒，即指广寒宫，是汉族神话传说中位于月球的宫殿。广寒仙子指嫦娥。

②玉墀，台阶的美称。

癸卯游春吟歌①

春风撩我放疏狂，一骑飘然客万方。

遍地锄犁祈岁稔，无涯草木散天香。

云浮五岳供诗眼②，棹唱三江赏画廊③。

胜迹如何排次第，仰观星海叹汪洋。

注释：

①癸卯，即公历 2023 年。疫情基本解除，百姓欢欣。

②诗眼，指一句诗或一首诗中最精彩传神的一个字。也指一首诗的眼目，即体现全诗主旨的精彩诗句。

③棹唱，犹棹歌，谓泛舟时的吟唱。

无题

银须捻断愧庸才[1]，俚语翻新亦快哉。

千斛陈醪空自饮[2]，一生幽抱为谁开。

瑶琴绝响情难了，老笔连绵气未衰。

自拥东篱三百菊，簪花一朵豁清怀[3]。

注释：

[1]银须捻断，喻吟诗之苦。唐代诗人卢延让《苦吟》："吟安一个字，捻断数茎须。"

[2]陈醪，陈酒。

[3]簪花，汉族妇女头饰的一种。此指插菊于头上，乃古时风俗。

大雪寄怀李仲元兄（二首）

其一

悠然华发雪萧萧，案牍劳辛一夜消。

快意翩跹如候鸟，冬南夏北两逍遥。

其二

梅雪辽东诉阔情，羡君南海结鸥盟。

椰风堪解烟霞癖①，诗笔生花愈盛名。

注释：
①烟霞癖，谓酷爱山水成癖。

读东方樾《新年有寄》步原韵奉和①

大疫嚣嚣世事艰，枯毫新岁亦开篇。

江山隐约生清气，诗话连绵寄素笺。

屈子骚经催泪涌，范公楼记伴忧眠②。

萧斋自有梅为友③，何必焚香悟道禅。

注释：

①东方樾，本名孟宪民，著名诗人、新闻工作者。现任辽宁省互联网协会诗词楹联网络传播工作委员会主任，中国楹联学会野草诗社第十一研修院院长。

②范公楼记，指北宋范仲淹所作《岳阳楼记》。

③萧斋，寺庙、书斋。

附：东方樾《新年有寄》

莫道壬寅百事艰，新年不赋旧时篇。

长祈桑梓无阳祸，更遣春光入纸笺。

半盏茶温能退火，三竿日上可成眠。

随他疫疠多烦扰，静与仙家论道禅。

沈阳市文史研究馆赞

蛟腾凤起聚英才，珠玉文章锦绣裁。

尤物一经天下识，弘文新馆四门开。

读贾岛

情味偏从驴背吟①，推敲幸识大知音。

愚从瘦岛嗟哦久，一句三年泪满襟。

注释:

①晚唐苦吟诗人贾岛多骑驴吟咏，相传"二句三年得，一吟双泪流"即在驴背上吟成。又，"推敲"二字的传说，亦为贾岛骑驴吟诗得韩愈指教的美谈。

艺林藻鉴

东晋法书赞

际会风云仰晋朝，龙吟虎啸各风骚。

右军皓月千秋圣，大令明星旷代豪。

王谢郗庾王竞爽[①]，草真篆隶草争高[②]。

烟霞过眼皆神品，谁敢尊前试钝刀。

注释：

①晋王羲之官右军将军，世称"王右军"，其书法雄冠千古，有"书圣"之称。其子王献之官至中书令，人称"王大令"，书法与父齐名，史称"二王"。东晋时期产生了王、谢、郗、庾四大家族并世称雄的书家群体，其中尤以王氏父子为杰出代表。

②东晋书法五体俱全，以草书成就最高。

咏唐代书风

翰海巅峰仰大唐，煌煌国运振朝纲。

百家剧迹承三代，一字千金索二王^①。

敕命钩摹传韵远，倾心教育惠风长。

兰亭幸入昭陵墓^②，遗迹长存日月光。

注释：
①二王，指东晋书法家王羲之、王献之父子。
②兰亭，指《兰亭序》。传为王羲之撰并书，唐太宗李世民推为王书第一，赏玩一生，死后殉葬于昭陵，真迹遂不见世，传世之《兰亭序》皆为摹本。

历代书家咏赞（三十三首）

王羲之

曲水流觞著美文①，天然妙墨更无伦。

千年坛坫谁为主，灿灿群星拱北辰。

注释：

①东晋书法家王羲之传世墨迹《兰亭序》，既是书法神品，也是一篇千古美文，被称为"天下第一行书"，王羲之亦被称为"书圣"。

王远

恣肆横斜势欲吞，摩崖初识便惊魂。

洋洋北魏三千石，飞逸雄浑独称尊①。

注释：

①北魏宣武帝永平二年正月，由太原典签王远所书著名摩崖石刻《石门铭》，取篆隶笔法，书风超逸疏宕，奇崛开张。康有为《广艺舟双楫》称之为"飞逸浑穆之宗"，并列入北碑"神品"。

陶弘景

轻狂年少愧曾经，指点华阳瘗鹤铭[1]。

一睹仙风魂梦醒，公如皓月我流萤。

注释：

[1]《瘗鹤铭》乃著名摩崖刻石，历代评价甚高。黄山谷有"大字无过瘗鹤铭"之句。明王世贞评："此铭古拙奇峭，雄伟飞逸，固书家之雄。"后人多以为梁代陶弘景所书。

郑道昭

圣迹千年气尚雄，北碑神品郑文公[1]。

草情篆势兼分韵，真正重开一代风。

注释：

[1]《郑文公碑》，北魏摩崖刻石中之名碑，为郑道昭所书。清包世臣《艺舟双楫》赞曰"《郑文公碑》字独真正，而篆势、分韵、草情毕具"，有"云鹤海鸥之态"。

欧阳询[①]

猛锐长驱戈戟强，足令智永避锋芒。

神于险绝归温婉，淳古风传今未央。

注释：

①欧阳询，唐代著名书法家，与虞世南、褚遂良、薛稷并称"初唐四大家"。代表作有《九泉宫醴泉铭》《皇甫诞碑》等。高祖李渊赞曰："询之书名，远播夷狄。"

褚遂良[①]

惊鸿腕底势翩翩，姿色文章两俱全。

隶法真书堪绝俗，山阴哲嗣出群贤。

注释：

①褚遂良，唐代著名书法家，"初唐四大家"之一。代表作有楷书《雁塔圣教序》《伊阙佛龛碑》等。书风清朗秀劲，开启唐楷门户。《唐人书评》称："字里金生，行间玉润。法则温雅，美丽多方。"

孙过庭①

蝉翼崩云点画精，间阎凡草不公平②。

皇皇一卷传经典，从此金针度后生③。

注释：

①孙过庭，初唐著名书法家、书法理论家。其代表作《书谱》，既是草书精品，又是论书名著，书文并茂，千古传颂，至今仍为习草者之绝好范本和研究古代书论文之必读之作。

②唐窦臮曾讥讽孙氏草书"间阎之风，千纸一类，一字万同"，多遭后世反驳。

③金针，比喻秘法、诀窍。

贺知章①

诗名赫赫掩书名，醉笔犹传草法精。

若许同朝论高下，过庭狂客两难评②。

注释：

①贺知章，唐代著名诗人、书法家，嗜酒风流，自号"四明狂客"。《新唐书》称其"每醉，辄属词，笔不停书，咸有可观，世传为宝"。代表作有草书《孝经》等。

②过庭，唐代著名书法家孙过庭。

李邕①

汲古翻新两墨皇，势如龙象压群芳。

终究奇崛呈风骨，八百通碑抵大王。

注释：

①李邕，又称李北海，唐代行书名家。李阳冰称其为"书中仙子"。董其昌赞美"右军如龙，北海如象"。王羲之书风妍美流便，李邕新变沉雄遒劲。代表作有《云麾将军碑》《麓山寺碑》等。

张旭①

酒酣不羁草颠狂，一笔云烟掩大唐。

神品惊魂非妄语，千年圣手叹无双。

注释：

①张旭，唐代著名草书大家、诗人，"一笔书"奔逸绝尘，世有"张颠""草圣"之称。又嗜酒，为"酒中八仙"之一。《续书断》将张旭列为"神品"书家，历代评价甚高。

颜真卿①

高张伟异冠诸公，一扫二王妍美风。

宁朴无华呈拙辣，握拳透爪见沉雄。

人因忠义名能久②，书尚端严势不同。

最是绝伦三草稿③，兰亭差可共云龙。

注释：

①颜真卿，唐代著名书法大家，世称颜鲁公。工于楷书和行书，楷书端庄雄伟，气势开张，世称"颜体"。行书遒劲郁勃，深婉浓秀，后世极为珍重。颜书一变东晋二王流便妍美书风，影响深远。

②鲁公一生忠贞爱国，气节高尚，尤为后世敬重。

③鲁公行草书代表作有《祭侄稿》《争座位帖》《告伯父文稿》。《祭侄稿》有"天下第二行书"之美誉。

颜真卿《祭侄稿》[①]

追魂抚榇痛何如[②]，裂胆摧肝愤笔书。

百转枯锋肠断处，几番哽咽泪涟洳。

注释：

①《祭侄稿》是为悼念颜真卿之侄季明在讨伐叛贼激战中被叛匪所杀而写的祭文。故悲愤之作，直抒胸臆，以哀作书，极具沉郁悲壮之崇高美感，被称为"天下第二行书"。

②抚榇，扶棺。

颜鲁公赞

三百年行妍美风，赫然壮伟出群雄[①]。

江山如此重分割，半壁羲之半鲁公。

注释：

①颜真卿楷书代表作有《多宝塔碑》《麻姑仙坛记》《颜勤礼碑》《颜氏家庙碑》等。

怀素^①

草篆藏真百世宗，八千蕉叶墨痕浓。

超凡一笔追长史^②，翰海波峰两巨龙。

注释：

①怀素，俗姓钱，字藏真，唐代著名书法家。自幼出家，以狂草名世。
与张旭合称"颠张狂素"。代表作有《自叙帖》《论书帖》等。
②长史，指张旭，唐代草书大家。

李阳冰^①

斯翁之后小生书，光裕峄山铁线弧^②。

三百年间凭俯仰，茕茕笔虎后来无。

注释：

①李阳冰，唐代著名书法家，以篆书名世。尝自称："斯翁（李斯）之后，
直至小生。"有"笔虎"之美名。代表作有《三坟记》等。
②峄山，指秦相李斯所书《峄山碑》。

柳公权[1]

一字千金誉晚唐，诤言笔谏劝昏皇[2]。

从容瘦硬传遒媚，楷法于今满学堂。

注释：

[1]柳公权，唐代书法大家，与颜真卿齐名，并称"颜柳"。以楷书名世，以骨力劲健见长，有"颜筋柳骨"之美誉。

[2]柳曾以"心正则笔正"之言劝谏唐穆宗。代表作有《玄秘塔碑》《神策军碑》等。

杨凝式[1]

风子颠狂欹侧姿，偏将雄杰振衰时。

韭花萧散神清远，士子应追杨少师[2]。

注释：

[1]杨凝式，唐代书法大家，官至太子太保，人称"杨少师"。又因不安仕途避乱装疯，又称"杨风子"。苏轼称其为"书之豪杰"。代表作有《韭花帖》等。

[2]杨凝式世称"杨少师"。

苏轼①

盖世风流九百年，东坡逸笔出天然。

竟能无法通其意②，若个雄才敢比肩③。

注释：

①苏轼，号东坡居士，北宋著名文学家、书画家、词人、诗人，"唐宋八大家"之一。书法天真烂漫，充满新意妙理，以行、楷书为著，后人有"书圣""书仙"之称。传世墨迹有行书《黄州寒食帖》《洞庭春色赋》，楷书《丰乐亭记》等。

②苏轼论书诗有"我书意造本无法""苟能通其意，常谓不学可"句。

③若个，哪个。

黄庭坚①

禅悦于心品次高②，鹤铭遗范驾鲸鳌。

晚年胎夺藏真法，飞草狂蛟卷海涛。

注释：

①黄庭坚，字鲁直，号山谷道人，北宋著名诗人、书法家。工书法，以行、草书擅名。其行书仿摩崖大字《瘗鹤铭》，纵横奇崛，雄肆开张，富有创造精神。草书极似怀素。代表作有行书《松风阁诗》《伏波神祠诗》，草书《诸上座帖》《李白忆旧游诗卷》等。

②黄山谷喜学佛说禅，所作诗书多以佛为内容。

米芾①

八面出锋谁比俦，风樯阵马迈虞欧②。

乱真古法迷人眼，后俊争登海岳楼③。

注释：

①米芾，北宋著名书画家、书画理论家。书法以行书成就最大，长于临古，几可乱真。苏轼评米书："如风樯阵马，沉著痛快。"传世墨迹有《蜀素帖》《苕溪诗》《多景楼诗》等。

②虞欧，指唐代书家虞世南、欧阳询。

③米芾号海岳内史。

赵佶①

绝顶昏庸绝顶才，天公何意此安排。

人间幸得宣和谱，狂草瘦金今未衰。

注释：

①赵佶，宋徽宗。政治极其昏庸腐败，书画艺术上却极有天赋和成就。独创楷书"瘦金体"，狂草则奔放雄健，笔意雄肆，气概非凡。曾主持翰林书画院，编撰了《宣和书谱》和《宣和画谱》各二十卷。

赵孟頫①

百技过人艺绝殊，一时天下竞追摹。

只因应召官元吏，留得污名不丈夫。

注释：

①赵孟頫，字子昂，南宋至元初著名书画家、诗人。《元史》称他"篆籀分隶真行草书无不冠绝古今，遂以书名天下"，是中国艺术史上少有的艺术全才之一。因其宋室仕元而颇受诟病，认为他人格卑下，评其书法"妍媚纤柔，殊令大节不夺之气"，"无大丈夫气"。代表作以行楷草书为主，传世有《妙严寺记》《胆巴碑》《汲黯传》等。

宋克①

鞭驾钟王百炼锋②，章今狂草一炉熔。

南宫的是天才笔，砥柱中流推大宗。

注释：

①宋克，字仲温，人称南宫先生，明代著名书法家。尤以小楷、章草名天下。他将章、今、狂草冶为一炉，以古雅朴茂、刚健豪迈的书风独领风骚。代表作有草书《杜甫壮游诗》等。

②钟王，指钟繇、王羲之。

文徵明①

九秩犹惊笔力遒，锋芒咄咄作蝇头。

精谙小大由之法，山谷遗风第一流②。

注释：

①文徵明，号衡山居士，明代著名书画家、诗人，为"吴中四才子"之一。书法以小楷和行草成就最大。书风清丽古雅，韵法两胜，论者有"有明第一"之评。九秩高龄犹作小楷，极其精整。

②其写大字时专用黄山谷行书之法，别有风概。

祝允明①

天真纵逸属枝山，沧海澜翻风雨寒。

拟古融陶精六体，满篇狼藉落花繁。

注释：

①祝允明，自号枝山，明代著名书法家、诗人，"吴中四才子"之一。兼备诸体，小楷意态冲和，有魏晋遗风，多以狂草名世，风骨烂漫，名作有《洛神赋卷》《赤壁赋》等。

徐渭①

无端连属意如诗，驰纵偏于激愤时②。

多舛惊看成四绝，奇才元本是情痴。

注释：

①徐渭，字文长，号青藤老人、天池山人。明代著名文学家、书画家、戏曲家，"明代三才子"之一，其狂草书恣肆诡谲，富有浪漫主义气息，影响甚大。

②徐渭一生命运多舛，书画诗文多有激愤之情。

董其昌①

怯笔浑无勇武风，徒增秀色愧颜公②。

幸承圣祖偏痴爱③，遂使声名日贯虹。

注释：

①董其昌，字玄宰，号香光居士，明代著名书画家。书法多以行草传世，笔意圆润平淡，有儒雅秀逸之风。名重海内。

②董其昌楷书师法颜真卿。

③书家评董其昌书法褒贬不一，惟清圣祖康熙十分赞美，遂使其声名大振。

王铎①

休怪东瀛拜上仙，王侯神笔著先鞭。

一时风起明清调②，叹服先贤愧后贤。

注释：

①王铎，字觉斯，河南孟津人，人称王孟津。明末清初著名书画家、诗人。以行、草书驰名，纵逸奔放，险绝多变，成就不下"狂僧"怀素，影响所及远播东瀛。代表作有《拟山园帖》《琅华馆帖》等。

②二战后，日本出现一个以宗法王铎等明末清初书风而得名的"明清调"流派，风行一时，至今未衰。

傅山①

波旋浪叠百回还，堪与嵩樵伯仲间②。

高论宁毋惊世俗③，香光掩面退朝班④。

注释：

①傅山，字青主，明清之际著名书画家。其书法功力殊深，尤以行草独步当世。字字连绵笔意恣肆，雄奇掉阖，别开生面，与王铎同为开派大家。

②嵩樵，王铎号嵩樵。

③傅山论书："宁拙毋巧，宁丑毋媚，宁支离毋安排。"

③香光，指董其昌。

郑燮[1]

素屏如画亦如诗，乱石铺街漫自痴[2]。

破格书曰六分半[3]，终归堪赏不堪师。

注释：

①郑燮，号板桥。清代著名学者、书画家、诗人，"扬州八怪"代表人物。

②其书法大小、长短、肥瘦、疏密错落穿插，如"乱石铺街"。

③板桥书法以隶书为主，杂以他体，自谑称谓"六分半"。

何绍基[1]

汉石周金冶一炉，追颜神髓入麻姑[2]。

血浓骨老藏锋笔，圣手楹联醉万夫[3]。

注释：

①何绍基，字子贞，晚号蝯叟。晚清诗人、书画家。精于金石碑版，擅行草书。

②书法初学颜真卿。得《麻姑帖》笔意。

③传世作品多为楹联，笔力雄深，被誉为"书联圣手"。

吴昌硕[①]

笔力苍茫胜古人，千年石鼓已翻新[②]。

推称篆圣应无妄，浩叹谁堪步后尘。

注释：

①吴昌硕，又名俊卿，晚清民国时期著名书画家、篆刻家。杭州西泠印社首任社长，影响甚大。

②吴氏以篆书独步天下，得力于《石鼓文》，笔力遒劲，气势磅礴，称为现代"篆圣"并不为过。

康有为[①]

激论卑唐劝后昆，魏碑十美动神魂[②]。

可怜误用安吴法[③]，笔力终难入石门[④]。

注释：

①康有为，晚清时期重要的政治家、思想家、书法家、诗人。书论显赫，名著《广艺舟双楫》极力推崇六朝碑学。

②康氏论书提出著名的"魏碑十美"说，康氏擅行楷书，学《石门铭》，书风苍拙老辣，坚韧瘦劲。

③安吴法，康氏临碑用清包世臣"食指高钩"法作书，故力不从心，笔力不足。

④石门，指北碑《石门铭》。

读汉碑《石门颂》（二首）

其一

闲鸥野鹤舞仙风[①]，铁线凌云气血浓。

孰令摩崖飞隶草[②]，分明鬼斧与神工。

注释：

①清代杨守敬评《石门颂》："其行笔真如野鹤闲鸥，飘飘欲仙，六朝疏秀一派皆从此书。"（《评碑记》）

②《石门颂》结字富于变化，饶有竹木简意趣，运笔率真处有点画牵连之草书意味，被称为汉隶中之"草书"。

其二

老也石门娟也门，苍茫波诡摄书魂。

有清翰苑三千帜，谁敢佛前留墨痕[①]。

注释：

①清代张祖翼论《石门颂》："三百年来习汉碑者不知凡几，竟无人学《石门颂》者。盖其雄厚奔放之气胆怯者不敢学，力弱者不能学也。"

读李白（二首）

其一

仗剑云游访道仙[①]，销魂诗酒正华年。

不为天子开青眼，志在鲲鹏啸九天。

注释：

①李白既是一位天才的诗人，又兼有游侠、隐士、道人、策士的气质。他一生好剑术，喜爱仗剑游历名山大川。

其二

秉赋诗仙与酒仙，绝尘逸笔亦飘然。

高风心折阳台帖[①]，物外新出一片天。

注释：

①《上阳台帖》，为唐代大诗人李白自咏四言诗，也是其唯一传世的书法真迹，古今评价甚高。

张旭楷书赞

闲雅森严别有天，端因草圣未名传。

郎官苦抚经年后①，始信张颠笔不颠。

注释：

①《郎官石记》是唐代"草圣"张旭的唯一楷书墨迹。笔法严谨精劲，历代评价甚高。

读黄庭坚行书《幽兰赋》①

长枪大戟赋幽兰②，文字高华两壮观。

渔色贪香休狎赏，士人君子久盘桓。

注释：

①《幽兰赋》是黄庭坚大字行书的代表作。所书原文为唐人韩伯庸的应举之作。后被刻成石碑传世，影响甚大。

②黄庭坚大字行书结字中宫收紧，四面呈放射状，筋脉舒展，如长枪大戟。

天下行书赞（二首）

其一

天下行书一二三①，芊芊笔墨气浑涵。

嗟惊草稿皆神品，烂漫天真传美谈。

注释：

①东晋王羲之《兰亭序》被誉为"天下第一行书"。唐代颜真卿《祭侄稿》被誉为"天下第二行书"。宋代苏轼《黄州寒食诗》被誉为"天下第三行书"。

其二

百代临池奉指南，深情高韵两相参①。

三千旌帜空仰首，青出于蓝未胜蓝。

注释：

①清代刘熙载《艺概·书概》："高韵深情，坚质浩气，缺一不可以为书。"

题孙过庭①（二首）

其一

草法森然晋韵浓，山阴一脉蹑高风②。

崩云蝉翼纷披处③，三昧于今犹盛隆④。

注释：

①孙过庭，唐代书法家、书法理论家，著有《书谱》（墨迹）传世，是中国书法史上的重要理论著作。

②山阴，王羲之居于会稽山阴（今浙江绍兴），后以山阴代称王羲之。

③《书谱》："或重若崩云，或轻如蝉翼。"皆比喻笔法奇妙变化。

④三昧，奥妙，诀窍。

其二

甘苦一生书谱成，铿锵妙语论思精①。

瞻前顾后千年史，抉发精微第一评。

注释：

①《书谱》用骈体文写成，故读来如诗一般语调铿锵、朗朗上口。

读温庭筠诗偶得①

诗才敏捷久倾心，烛泪难成叉手吟②。

曾向阆风求郢雪③，江河老未拣沙金。

注释：

①温庭筠，唐代著名诗人。

②叉手吟，传温庭筠才思敏捷，每入试叉手构思，凡八叉手而成八韵，时号"温八叉"。

③阆风，亦称阆风巅，在昆仑之巅，传为神仙居住之处。郢雪，郢中白雪，比喻高雅的乐曲或诗文。

读王昌龄《出塞》诗①

出塞一篇千古传，于今口角尚新鲜。

几回梦里驰征马，并辔龙城飞将前②。

注释：

①王昌龄，别名王江宁，盛唐著名边塞诗人，人称"七绝圣手"。《出塞》是王昌龄七绝诗的代表作，千古传诵。

②并辔，并驱，骑马一同走。辔，缰绳。飞将，指"飞将军"李广。

欧阳修赞

　　北宋嘉祐二年科举考试，欧阳修任主考。阅卷时看到苏轼试卷，以为是弟子曾巩之作，为避嫌将本应取第一名的只给第二名，后知第一名是苏轼，感叹其才华，说："老夫当避路，放他出一头地也。"（《与梅圣俞书》）而苏轼亦未负厚望，成为诗文书画四绝之巨匠。先贤往矣，今叹何如！因以赋之。

　　一代儒宗举大贤①，出人头地让苏先。
　　卓然四绝擎天柱，恣肆汪洋九百年。

注释：
①儒宗，儒者的宗师。汉以后亦泛指为读书人所宗仰的学者。

读杜甫《饮中八仙歌》①

群仙耽酒醉如何，相惜惺惺赋此歌。

散发脱巾浑不羁，从来骚雅似疯魔。

注释：

①《饮中八仙歌》是唐代诗人杜甫将当时号称"酒中八仙人"的李白、贺知章、李适之、李琎、崔宗之、苏晋、张旭、焦遂八人联系在一起，写出他们在嗜酒、豪放、旷达、才情等方面相似之处。

南唐后主李煜

千年词帝绝伦才①，臣虏杯衔亡国哀②。

泣血煎心传绝唱，一江春水去无回③。

注释：

①李煜，南唐最后一位国君，有"千古词帝"之称。

②臣虏，臣仆，俘虏。李煜《破阵子》词："一旦归为臣虏，沈腰潘鬓消磨。"

③李煜《虞美人》词："问君能有几多愁，恰似一江春水向东流。"

题辛弃疾纪念祠[1]

纵横慷慨出群雄，千古词坛一扫空。

斩将搴旗争报国[2]，挂弓遗恨未平戎[3]。

激情豪气山喷火，义胆忠肝日贯虹。

听罢龙吟听虎啸，回看骚雅小蠕虫[4]。

注释：

[1]辛弃疾，南宋词人，字幼安，号稼轩，山东历城人。词作雄浑悲壮，纵横慷慨，与苏轼并称"苏辛"，为豪放派魁首。纪念祠又称稼轩祠，在山东济南市大明湖南岸。

[2]搴，拔。

[3]挂弓，辛弃疾《水调歌头》："短灯檠，长剑铗，欲生苔。雕弓挂壁无用，照影落清杯。"平戎，平定外族。

[4]骚雅，指南宋后期的骚雅派词家。

题八大山人

繁简实虚花鸟奇，关情笔墨恣淋漓。

僧参禅道装聋哑，八大哭之犹笑之[1]。

注释：
[1]明代画家朱耷作画题"八大山人"连写，字如草书"哭之笑之"。

读王铎与米芾书法

古法翻新化晋贤，风樯阵马两飞仙[1]。

若论骨气神锋健，应许孟津胜米颠[2]。

注释：
[1]宋代苏轼称赞米芾行草书英杰俊迈，"如风樯阵马，沉著痛快"。飞仙，语本明代王铎《吴江舟中诗帖》跋："米芾书本羲、献，纵横飘忽，飞仙哉！深得《兰亭》法，不规规摹拟，予为焚香寝卧其下。"
[2]王铎乃河南孟津（今洛阳）人，世称王孟津。米芾为人颠狂放纵，时称"米颠"。

读郑板桥①（二首）

其一

淇园香茗小炉红②，三绝倾心忆郑公③。

最爱萧萧清瘦竹，高标总在雨风中。

注释：

①郑燮，号板桥，清代著名文学家、画家。

②淇园，古代卫国园林，以产竹知名。此处借指竹园。

③三绝，郑氏诗、书、画俱优，故称"三绝"。

其二

一竿还比一竿新，笔下清风绝俗尘。

含咀瑶章知朗抱①，何须杯酒长精神②。

注释：

①瑶章，对他人诗文、信札的美称。

②唐代诗人刘禹锡诗《酬乐天扬州初逢席上见赠》："今日听君歌一曲，暂凭杯酒长精神。"

清代碑学

千年一统晋风熏，帖学风靡不二军。

嘉道重开新世界①，从兹秋色两平分。

注释：

①中国书法史上，以"二王"为代表的帖学一统千年，至清代嘉庆、道光以后，碑版大量出土，帖学盛极而衰，碑学大兴，开辟了书法传承的新天地。

读龚自珍诗有感①

剑气箫心一世狂②，庄骚两鬼入肝肠③。

惊雷謦欬开风尚④，血火诗文震八荒。

注释：

①龚自珍，清代著名思想家、文学家及改良主义的先驱者，被柳亚子誉为"三百年来第一流"。

②剑气箫心，清代龚自珍诗《漫感》"一箫一剑平生意，负尽狂名十五年。"

③庄骚两鬼，《庄子》《离骚》对龚自珍影响最大，龚诗有"庄骚两灵鬼，盘踞肝肠深"句。

④謦欬，本意咳嗽，借指谈笑。

读《宋词三百首》感赋

三百词章五百愁，一江春水鬓霜秋。

苏辛钟吕翻旌帜^①，豪唱须登百尺楼^②。

注释：
①苏辛，指宋代词豪苏轼和辛弃疾。
②百尺楼，泛指高楼。

读清永嘉诗丐《绝命诗》^①

绝命遗篇惊世儒，行歌曳杖语连珠。

傲然不受嗟来食，丐也堪称大丈夫。

注释：
①清朝嘉庆年间，一位乞丐惨死街头，人们从其怀中发现一纸写着《绝命诗》。其诗既格调高雅，又豪迈轻狂，气宇轩昂。致使州官为之设墓立碑。至今被世人传唱。

《辽宁书法集》读后

开卷神游入殿堂，百家珠璧列琳琅。

斑斓古意承三代①，懿范清规法二王②。

老笔深藏扛鼎力，髫龄啸傲试锋芒。

东风猎猎催箛鼓，气概殊堪比盛唐。

注释：

①三代，指夏、商、周三个朝代。

②二王，东晋"书圣"王羲之与王献之父子并称"二王"。

《辽宁国画集》读后

绘事天然蕴化机①，画宗南北总相期。

精描人物风标雅，狂写山川意象奇。

豪气纵横吞江海，小家蹀躞守樊篱②。

何年借得他山石，崛起三军大纛旗。

注释：

①绘事，绘画之事。化机，变化的枢机。

②蹀躞，小步行走，往来徘徊。

敬怀沈延毅先生①（十首）

序

沈延毅先生不惟中国现代书坛巨擘，亦乃诗界大家。余而立之年曾有幸叨陪六载侍于案侧，燃香磨墨，浣笔擘笺，面聆謦欬，亲炙骚雅。先生叨斗谈屑，挥麈风生，或述身世悲欢，沧海桑田，不胜感慨唏嘘；或揭橥三昧，妙语解颐，作尧年盛世之叹；或论书嗟哦，感恩南海，魂牵北魏石门。兴之所至，辄击杯吟咏，韵谐金石，吞吐琳琅，神采飞扬，情不能已。先生之诗遥接汉唐风轨，追蹑三曹老杜，于雄健高古中透露几分沉郁苍凉。而其风雨一生，息机物外，行藏用舍，一瓢自乐，不失渊雅气度与高情丰致。纵然围炉夜话，亦思如泉涌尽显诗家本色。往事依依，如

注释：

①沈延毅（1903—1992），字攻昕，晚号天行健斋主。中国著名书法家、诗人。曾任沈阳市文史研究馆馆长、中国书法家协会名誉理事、中华诗词协会顾问、辽宁省书法家协会主席等职。

在目前。

今逢先生诗研会之盛邀，敢不吮墨舐毫，挑灯苦吟，惴惴然谨奉七绝十首聊寄悃诚。愧以后学之不敏，追缅述菊之光尘。歌曰：云山苍苍，江水泱泱。先生之风，山高水长。

其一

艺事渊源一脉通，书家本色是诗雄。

烟云满壁飞腾处，掞藻飞声①气贯虹。

注释:
①掞藻飞声，指展现文才，声名远扬。

其二

七步之才八叉功①，孤超不与众贤同。

情关家国三千咏，吞吐昂扬古士风。

注释:
①七步之才，曹植七步作诗，指文思敏捷的人才。八叉功，指唐温庭筠才思敏捷，每入试，凡八叉手而成八韵，时号"温八叉"。

其三

石破天惊一语狂，千年定论始更张。

魏碑十美垂懿范①，毕竟南王逊北王②。

注释：

①康有为《广艺舟双楫》提出著名的魏碑"十美"说。

②沈延毅《论书诗》有"龙蛇入笔苞元气，毕竟南王逊北王"句。

其四

雒颂三曹又楚骚①，童年声律筑基牢。

青衿遍访唐才俊，笔自沉雄气自豪。

注释：

①三曹，指的是汉魏时期曹操和他的儿子曹丕、曹植的合称，父子三人是建安文学的代表。

其五

耿耿疏襟抱汉唐①，瑶琴古调寄宫商。

江山万里书千卷，漫遣悲欢入锦囊。

注释：

①疏襟，开朗的胸怀。

其六

荣枯草木锁眉愁，碣石东临大海秋。

恨未少年投笔去①，沙场驰马带吴钩②。

注释：

①沈延毅先生曾说，他少年时曾有参军的愿望。

②吴钩，春秋时期流行的一种弯刀，是冷兵器的典范，充满神奇色彩，后又被历代文人写入诗篇，成为驰骋疆场励志报国的精神象征。

其七

仰止宗师谒草堂①，秋风一曲黯神伤。

呜呼寒士欢颜梦，今日歌来犹断肠。

注释：

①草堂，即杜甫草堂。杜甫曾在此写下了传世名篇《茅屋为秋风所破歌》。

其八

意调饶多老杜风，几分沉郁几浑雄。

登高唱罢襟前泪，高仰丰碑久鞠躬。

其九

思涩如何浣俗襟，趋庭垂训乞金箴。

许浑隽语铭心腑，骨里无诗莫浪吟①。

注释：
①唐代诗人许浑论诗有"吟诗好似成仙骨，骨里无诗莫浪吟"句。

其十

铮铮未炫大师名，绛帐春风总动情。

且看如今辽海上，龙吟虎啸恣纵横。

赠杨仁恺①

盛世犹劳九秩身②，传经四海播芳尘。

慧心书画淹今古，法眼毫厘辨伪真。

一笔高标风韵雅，鸿篇精论锦图新。

趋庭每沐初春雨，清诲儒风飨后人③。

注释：

①杨仁恺（1915—2008），全国书画巡回鉴定专家小组成员、辽宁省博物馆名誉馆长、辽宁省书法家协会名誉主席，辽宁省人民政府命名的"人民鉴赏家"。

②九秩，90岁。杨仁恺90岁高龄仍应国内外之邀讲学而不辞辛劳。

③清诲，敬称别人的教导、教诲。飨，用酒食款待人，泛指请人享受。

读聂绀弩[1]

奇人狂侠不虚名，叱咤骚坛举世惊。

泣血文章呈骨傲，问天瓦釜听雷鸣。

揶揄语造庄谐趣，喜怒澜翻草木情。

千古无双堪绝唱，夜阑掩卷意难平。

注释：

[1] 聂绀弩（1903—1986），著名诗人、古典文学研究学者、新闻工作者。诗文恣肆酣畅，极富生活气息。且意境雄奇，在现代诗坛有广泛影响。

李仲元
《中华优秀传统文化书艺读本》
出版贺题①

云霞一片起辽天，四卷皇皇飨后贤。

妙墨美文双激赏，华笺图画两精编。

五千年史传悠邈，百万龙姿任变迁。

高风道艺堪师表，若个耆儒续锦篇②。

注释：

①李仲元，著名学者、书法家、诗人。沈阳故宫博物院名誉院长、辽宁
省书法家协会顾问、沈阳市书法家协会名誉主席。

②耆儒，德高望重的老儒。

陪同日本书家观赏
辽博馆藏《万岁通天帖》有感①

万岁通天妙绝伦，云霞千古尚清新。

墨香弥满藏珍馆，醉倒八方朝圣人。

注释：

①《万岁通天帖》，唐人摹帖，因汇入王氏一门书翰而为著名法帖，现藏辽宁省博物馆。

许勇《战马图》观后题①

雷鸣电闪雪花骢，血战沙场傲杰雄。

但使一腔豪气在，不教胡虏过江东②。

注释：

①许勇，著名画家，现任鲁迅美术学院教授。所画人物、动物俱佳，尤以画马享誉海内外。
②胡虏，本指古人对女真族侵扰者表示痛恨的称呼，此为对敌人的蔑称。

赠东方樾

焦桐孤赏醉酣酣，忽迓知音访草庵。

气合性灵多朗啸，胸怀家国久倾谈。

俚歌自怨琴弦短，雅韵谁堪鼎足三。

老笔纷披情未减，偕君勉力效春蚕。

潘主兰甲骨文集联书法集观后奉题①

淘尽龟文赋雅编，纵横刀笔出天然。

老饕醉眼观珠璧②，恍入殷墟谒古贤③。

注释：

①潘主兰（1909—2001），曾任福建省书法家协会副主席，以甲骨文书法知名全国。

②老饕，饕餮，比喻贪吃的人。珠璧，将甲骨文编成楹联并书之，故称珠联璧合。

③殷墟，商代后期都城遗址，因发现甲骨刻辞而知名于世。

赠董显声陈泰云伉俪①

显达更怀忧国心，声华情义重千金。

泰然一笑人生路，云卷云舒看艺林。

注释：

①予弟董显声，现任沈阳市皇姑区政协副主席。系辽宁省作家协会会员、辽宁省书法家协会会员，出版散文集《草根集》《生命的绿茵》等及散文、通讯、书法百余篇幅。陈泰云，沈阳市图书馆研究馆员。

人物情思

艺事杂咏（六首）

艺苑风云

绝色花无百日鲜，青丝旋即雪盈颠。

万千头角峥嵘者^①，各领风骚数十年。

注释：
①头角峥嵘，比喻才华出众。

登古琴台

千古知音访伯牙，荒台恣意噪寒鸦。

高山流水遥相忆，欲捻吟毫落泪花。

宁夏军区书法展奉题

墨海掀翻万丈澜，笔锋堪比剑锋寒。

惊观壁上龙蛇阵，浑似当年战六盘①。

注释:

①六盘，指毛泽东著名词作《清平乐·六盘山》，是1935年10月率领红军翻越宁夏六盘山击败敌人的咏怀之作，表达了抗战必胜的坚定信念。

全国农民书法展奉题

小歇镰锄避雨稠，偷闲醉墨也风流。

颠狂涂破三千纸，笔力殊堪曳九牛。

教师书法展题贺

瑶章妙墨两高悬，激赏黉门桃李鲜[①]。

玉屑霏霏传道者[②]，龙蛇笔底也翩然。

注释：

①黉门，古代称学校的门，借指学校。

②玉屑霏霏，谈话时美好的言辞像玉的碎末纷纷洒落一样，形容言谈美妙，滔滔不绝。

将军书法展奉题

当年铁马镇关山，风卷旌旗十万竿。

解甲西园耽墨海[①]，浩然长啸笔翻澜。

注释：

①唐张说《恩制赐食于丽正殿书院宴赋得林字》："东壁图书府，西园翰墨林。"

清明祭母

余之慈母，严厉而仁智，颖悟而多才。启蒙规训，操笔吟诗，无不口传心授，一一垂范，堪为师表。今余亦稀年，而母恩浩荡，清诲如昨，驰念悠悠，时在梦中。不禁衔哀涕泣成此短篇，以祭灵台。

又见山花雨后繁，那堪离合对悲欢。

香焚终日心犹痛，碑读三番泪已干。

叩禀儿孙能自立，恭询昼夜可孤单。

坟头不忍除青草，留与严冬遮雪寒。

痛悼袁隆平先生①

神农天降救田畴，阡陌奔劳鳌未休。

忘我从无名利欲，忧民只为稻粱谋。

云中充廪工初峻，禾下乘凉梦已酬②。

举国同悲挥泪别，仰瞻星斗耀神州③。

注释：

①袁隆平（1930—2021），享誉海内外的著名农业科学家，"共和国勋章"获得者，被誉为"杂交水稻之父"。

②袁老有两个梦：一个是"禾下乘凉梦"，一个是"杂交水稻覆盖全球梦"。

③中国科学院北京天文台施密特CCD小行星项目组发现的一颗小行星（8117）被命名为"袁隆平星"。

哭李放教授①

霹雳三春噩梦惊，满城风雨哭先生。

苍天远去云中鹤，绛帐长留座右铭②。

豪饮狂歌多浩气，宏论巨擘不虚名。

每从长白山前过③，听得仙翁朗笑声。

注释：

①李放（1924—2016），沈阳师范大学教授，著名教育家。曾任中国高等教育学会常务理事，《中国大百科全书》（教育分册）主编。

②此句用"九青"韵，以不碍诗意。

③李放教授祖籍吉林省。

悼念恩师廖经世先生①

叩别先师五十年，依依往事岂灰烟。

搜肠枯笔寻诗窖②，扫雪蓬门谒画仙③。

麈论丹青情缅邈，气吞海岳笔飞旋。

每逢嘉日瞻遗墨，犹吊高踪一泫然。

注释：

①廖经世（1902—1976），现代著名画家，为张大千二哥"虎痴"张善孖先生入室弟子。擅画虎，亦精于山水，笔画奇崛，评价甚高。

②诗窖，指满腹诗才，作诗很多的诗人。

③20世纪70年代初期，余结识拜谒先生是因为其茅屋扫雪始得开门纳徒。此传奇经历见刘元举报告文学《人的符号》。

痛悼沈鹏先生①

竦听惊雷贯耳来，仰瞻遗墨久哀哀。

风云笔挟雄豪气，海岳胸怀领袖才。

并辔胡沙寻古简②，同舟西子觅新裁③。

吟庐从此赓酬少④，闭户新停浊酒杯。

注释：

①沈鹏，著名学者、书法家、诗人。中国书法家协会名誉主席。沈鹏先生于 2023 年 8 月 21 日在北京逝世，享年 92 岁。他的逝世是中国书法界的重大损失。

②胡沙，西北和北方的沙漠或风沙。予曾与沈鹏先生在敦煌观赏汉简，探讨章草源流。

③西子，指西湖。新裁，新体裁，新体例，新的设计，筹划。多指诗文、工艺的构思。

④赓酬，以诗歌与人相赠答。

悼念欧阳中石先生①

噩耗如山压古城，后生挥泪哭先生。

登峰东岳迷云日，赋雪西湖遣性情。

络绎门前龙凤舞，纵横笔下雨风惊。

江山有幸留香墨，书史长垂巨匠名。

注释：

①欧阳中石（1928—2020），著名学者、书法家、书法教育家、京剧艺术家。
当代高等书法教育的重要奠基人和开拓者，历任首都师范大学教授、博
士生导师，中国书法文化研究所所长，中国书法家协会顾问。

母亲节思母亲

心香一炷拜青山，山在虚无缥缈间。

梦里相思三万里，年年此日泪潺湲①。

注释：
①潺湲，流水不绝貌。

悼徐炽先生①

惊殒西园大将才，诔辞不尽断肠哀②。

可堪一别云中鹤，追蹑颜公去不回③。

注释：
①徐炽（1934—2020），著名书法家、教授。曾任辽宁省书法家协会副主席、沈阳市书法家协会名誉主席，鲁迅美术学院教授。
②诔辞，悼念逝者的文章。
③追蹑，追踪，追寻。颜公，指唐代书法家颜真卿。

清明笔冢寄怀①

衔恩一揖短松冈，往事依依泪两行。

西岳驰毫挥恣肆，东瀛斗韵戛琳琅。

三千碑帖情犹切，百万龙蛇兴未央。

从此谁堪歌共酒，怆然愁断九回肠。

注释：

①写坏之笔堆积如山，古人号曰"笔冢"，后世以此为勤奋之意。余临池学书六秩而积退笔逾千，清明瘗之，亦感慨不已，因成此咏。

读潘天寿画作[①]

何须全景作铺排，一角峥嵘新境开。

高眄方能称霸悍[②]，心源造化自神来。

注释：

①潘天寿（1897—1971），现代著名画家、美术教育家。其画作笔墨苍古老辣，雄浑奇绝，大气磅礴。其章法异古殊今，险绝中见平稳，有巨大的力量感和特有的结构美。

②潘先生画上的一方印章刻有“一味霸悍”，表达出鲜明的个性和革新精神。

读康殷印谱[①]

异禀功夫两俱全，山阴风景醉流连。

秦风汉韵摩挲久，激赏如吟读凤笺[②]。

注释：

①康殷（1926—1999），别署大康。中国当代古文字学家、篆刻家、书法家、画家。

②凤笺，供题诗、写信用的精美纸张，亦借指诗作或书信。

《王充闾诗集》读后敬赋①

旰食宵衣政务勤②，偷闲也作苦吟身。

黄钟大吕敲新韵，歌罢江山唱万民。

注释：

①王充闾，著名学者、作家、诗人。曾任中共辽宁省委常委、宣传部部长，辽宁省人大常委会副主任。现任辽宁省作家协会名誉主席。

②旰食宵衣，入夜才吃饭，天不亮就穿衣起床，比喻勤于政务。

致彭定安先生①（二首）

其一

的是高峰景色殊，祥云瑞气绕蓬壶。

麻姑笑奉期颐酒②，山海同呈福寿图。

注释：

①彭定安，著名学者、作家。曾任中国鲁迅学会副会长，辽宁社会科学院文学研究所所长、副院长、研究员。兼任辽宁省社科联副主席、辽宁省作家协会副主席、东北大学文法学院院长。

②麻姑，又称寿仙娘娘，民间有麻姑献寿的传说。期颐，指一百岁老人。

其二

学冠群伦仰硕儒，聆教清诲语连珠。

先生帐暖收凡马，出得门来跃的卢①。

注释：

①的卢，良马名。宋辛弃疾词《破阵子》："马作的卢飞快，弓如霹雳弦惊。"

赠沈鹏先生

十年书史记皇皇，硕画恢宏正纪纲。

萧散神追王逸少①，天然韵接米元章②。

歌行万里缘情烈，理论千秋寄意长。

绛帐春风播薪火，滋兰树蕙满庭芳。

注释：

①王逸少，东晋书法家王羲之。
②米元章，米芾，北宋书画家。

致沈鹏先生

京华八月觌奇珍①，锦卷初观喜泪频。

黄米英风推巨擘②，苏辛豪气迈群伦③。

喟今殊乏骑鲸客④，叛古偏多画字人。

坐拥宝章开眊眼，醇醪三呷醉吟身。

注释：

①癸丑大暑，时任中国文联副主席、中国书法家协会主席的沈鹏先生以书法集并诗集相赠。捧诵拜观，诗如冰雪，笔走龙蛇，皆入化境也。遂拈七律一首，遥寄京华，以致谢忱。

②黄米，宋代书法家黄庭坚与米芾。

③苏辛，宋代词人苏轼与辛弃疾，二人词均以豪放雄强著名。

④掣鲸，掣，飞驰，飞驶。鲸鱼飞驰于碧海之中。

赠范曾先生①（五首）

其一

一识饮兰如梦中②，关东俯首拜江东。

痴心黑白归虚静③，画境庄禅论色空。

醉眼飞觞吞海浪，狂歌并案舞蛟龙。

钝锥一日金针度，从此威扬八面锋④。

注释：

①范曾，著名艺术教育家、书画家、诗人。北京大学中国画画法研究院院长，南开大学历史学博士生导师、教授，中国艺术研究院研究生院文艺学博士生导师。

②一识，唐代李白《与韩荆州书》："生不用封万户侯，但愿一识韩荆州。"1996年春，经好友李存葆、子央引荐，拜访范公。范公以诗、联相赠。诗曰："赏菊抚兰古士风，高吟放笔我为雄。鸾铃天外乘霞上，关外驹虬是董公。"联曰："观夏鼎商尊，斑斓高华知古董；学清庾俊鲍，纵恣秀逸赋雄文。"饮兰，范曾书斋名饮兰山房。

③黑白，知白守黑，老子《道德经》："知其白，守其黑，为天下式。"

④八面锋，宋代米芾书法有"八面出锋"之说。

其二

艺海苍茫掣巨鲸，纷纭世事看分明。

东坡酒酹他乡月，屈子魂牵故国情。

万里餐霞归灿烂，十年面壁倍峥嵘。

诗魂书骨谁堪并①，叼斗悠如大纛擎②。

注释：

①范曾之画以诗为魂，以书为骨，画境高远、深邃。

②范曾喜以烟斗吸烟，其烟斗十分精致，或口中叼含，或手中把玩，风采飘然，已成为先生形象的标志。纛，指军中的大旗。

其三

力运锥沙破九宫^①，飞椽豪唱大江东。

抒怀遣兴千杯酒，闭目蓬头旷世雄^②。

腹有诗书堪啸傲，笔惊风雨自从容。

葵心已入逍遥界^③，诵罢南华日正红^④。

注释：

①锥沙，锥划沙，书法笔法术语，喻笔力浑圆，刚劲有力。九宫，即九宫格，写字用的界格纸，此指在纸面上创作。

②闭目蓬头，范曾作人物类多闭目而思，傲然而立。又多垢面蓬首，而气自华美，质自朴雅。

③葵心，如葵花向太阳一样，比喻倾慕向往之心。

④南华，也叫《南华经》，是《庄子》的别名。

其四

铁划银钩简胜繁①，英豪百态见毫端。

骑牛老子仙风古，捉鬼钟馗剑气寒②。

砚板磨穿书峻骨，栏杆拍罢赋狂澜。

群山排笏峥嵘处③，更有奇峰云里看。

注释：

①铁划银钩，指笔法点划刚劲遒媚。简胜繁，以白描法画人物，笔法简练。

②范曾作人物以老子、钟馗为多，平生所写以百千计。

③排笏，比喻群山高耸，像早朝时大臣们手执笏板一样，并排耸立在那里。此借喻书画家之多。

其五

京都盛宴共良宵，醉月飞觞逸兴高。

侬献酒歌添雅兴，君吟风赋自雄豪①。

诗关家国情如火，画绘春秋笔似刀。

塔下英姿谁读得②，殷殷红袄罩青袍。

注释：

① 1997 年 4 月，予专程赴京拜访范曾。范公于琉璃厂某大酒店设盛宴款待。席间，范公朗吟自作《大风赋》，声若洪钟，铜琶铁板，豪情激越，举座叹服。予亦以拙诗《酒歌》助兴。

② 1998 年元月，收到范曾寄赠贺年卡。卡面为范公偕夫人于法国巴黎埃菲尔铁塔下之精美照。范公着红袄青袍正宗"唐装"，一派大师风范。赤子之心，赫然可见。

张海书法艺术馆奉题

乡音未改艺常新^①，雅逸书香妙入神。

笔卷风云千丈雨，情钟隶草满园春^②。

有容无欲身心健，继往开来夙夜勤。

自古中原人杰地，君擎大纛迈群伦^③。

注释：

①2005年初，接张海（时任中国书法家协会副主席、河南省书法家协会主席）书法艺术馆邀稿，函中有60年"乡音未改"云云，令人感动，因有此作。

②张海擅长隶书和草书。

③张海现任中国书法家协会名誉主席。

赠林岫①

一身正气贯书坛，飞草如刀弭谤言。

翰苑从来风雅地，岂容妖雾漫腥膻。

注释：

①林岫，女，中国书法家协会原副主席、北京市书法家协会原主席、北京新闻学院教授。2005 年 6 月 13 日《书法报》载《林岫痛斥匿名诽谤》一文，痛快淋漓，读后即拈此诗。

观亓官良指画作《墨荷图》口占①

指掌浑如运斧斤②，几番涂抹即传神。

淋漓泼出梨花雨，清气香风漫客身。

注释：

①亓官良，国家一级美术师，沈阳市美术家协会原副主席，中国手指画研究会常务副会长，沈阳市文史研究馆馆员。

②斧斤，斧子。运斧斤，即运斤成风，形容技艺传神。此指画家作画，不用毛笔而全用指掌。

赠郭兴文先生^①（四首）

其一

总有佳吟压卷头，纵横文武论春秋。

每逢击赏如衔酒，信是后来居上游。

注释：

①郭兴文，曾任辽宁省文化厅厅长、辽宁省文联主席。后曾任辽宁省文化厅厅长、辽宁省文联名誉主席。现任辽宁省企业家、事业家、艺术家联谊会会长。

其二

触物奇思信手拈，珠圆玉润化森严。

耽情民俗成新格^①，吟味三番啖蔗甜^②。

注释：

①郭兴文先生创作了许多民俗题材的诗作，且格调高雅。
②啖蔗，形容艺术创作渐入佳境。

其三

欣于否极泰来时[1]，了悟人生两鬓丝。

从此心中无挂碍，江山万里待吟痴。

注释：

①否极泰来，否到了极点泰就出来。指坏运结束，好运到来。

其四

同怀君子仰风流，艺海诗书两楫舟。

一席谈霏开眊眼[1]，解颐又上一层楼[2]。

注释：

①眊眼，昏花的眼睛。

②解颐，指开颜欢笑。

赠阿红先生①

诗苑繁星拱北辰，可钦堪敬育花人。

广评师友文心美，自品茶烟艺境新。

兴怨挥毫耽雅趣，沧桑过眼厌浮尘。

四时绛帐春风暖，北调南腔笑语频。

注释：

①阿红（1930—2015），著名诗人、作家、诗歌评论家，辽宁省作家协会顾问。阿红先生之诗德人品有口皆碑，曾热心培养了一大批诗歌作者，可谓桃李满天下。诗坛泰斗艾青称其为"诗坛舵手"。

呈高崇生大雅吟正

一识高才讶抱翁①，堪凭文墨会群雄。

知音不啻听琴曲，尤有浩然君子风。

注释:

①抱翁，为作者微信名抱一之别称。

赠孙伯翔①

君名沽上我辽东②，猎猎旌张势不同。

羡尔忘年传魏法，狂夫笔挟晋王风③。

注释:

①孙伯翔，别署师魏晋主人。出生于天津，其魏碑书风独步书坛，曾任中国书法家协会理事、天津市书法家协会副主席。

②沽上，海河之滨，代表天津之名。

③狂夫，无知妄为之人，亦用作谦辞，余自谓也。晋王风，东晋王羲之一脉书风。

于国安大雅吟正①

一片丹心两袖清，宵衣旰食藐功名②。

范公楼记铭心骨③，不负苍生慰后生。

注释：

①于国安，现任职于辽宁省人大常委会。

②宵衣旰食，天未亮就穿衣服，时间很晚才吃饭，形容为国事而辛勤工作。

③范公楼记，指北宋范仲淹所写的《岳阳楼记》，其中"先天下之忧而忧，后天下之乐而乐"为后人称道。

李群画赞①

妙笔精工画卷开，贤媛本是出群才。

几番涵泳如诗酒，旖旎风光信手裁。

注释：

①李群，著名女画家。博士，一级美术师。辽宁省职工美协主席，辽宁画院专职画家。沈阳市文史研究馆研究员。

刘志超山水摄影作品集
观后奉题①

妙合天人一瞬间，铁鞋踏破觅奇观。

醉听水韵留光影，礼拜山魂忘暑寒。

甘苦优游心路远，风云变幻镜头宽。

因能慧眼超凡俗，一帜高标冠杏坛②。

注释：

①刘志超，辽宁大学党委原副书记、教授。曾任中国摄影家协会教育委员会高教部部长、中国高教学会摄影教育专业委员会副主任、辽宁省文联副主席、辽宁省摄影家协会主席。

②杏坛，古传说孔子聚徒讲学处。后也泛指授徒讲学处。

赠雨润弟

曾惜高才舍教鞭，清风正气守公廉①。

口碑胜过金碑奖，不藉秋风亦听蝉②。

注释：

①公廉，公正清廉。

②唐虞世南诗《蝉》："居高声自远，非是藉秋风。"

赠建军弟①

谦谦君子本儒生，屡绝韦编法典精。

正气一身铜为镜②，高襟无处不风清。

注释：

①建军，孙建军，长于写作，文笔清隽严谨，亦擅吟咏，意象清新，境界宏阔，格调脱俗。现供职于辽宁省委机关。

②《旧唐书·魏征传》："以铜为镜，可以正衣冠。"

和建军七绝一首

名醪未呷已微醺，顿觉醇香壮骨筋。

待我濡毫三日后，龙飞凤舞献祥云。

附：建军七绝原诗

虎啸龙吟唤上春，诗书俱老两昆仑。

魂牵梦绕朴公墨①，煮酒烹茶敬董君。

注释：

①朴公，即抱朴斋主，余之斋号。

赠贤妻玉花（二首）

育花小唱

一片痴心只爱花，浑如阿姥宠娇娃。

每观红紫生香蕊，狂喜逢人便自夸。

爱鸟情深

群鸟相呼日日来，恣情歌舞闹窗台。

含饴抚爱投新米①，如揽孙儿笑眼开。

注释：

①含饴，嘴里含着糖逗孙子玩。形容老人享受闲适的家庭生活乐趣。

为雷子懿小宝宝满月之喜贺题

天眷龙门降玉婴①，欢腾雷府喜盈盈。

啼歌悦耳知伶俐，指日栋梁看俊英②。

注释：
①玉婴，白润如玉的婴儿。
②俊英，指善良、美好、仁爱之心、才智杰出、才能出众之意。

春节观女儿佳宁剪窗花口占

红云一片任铺排，玉手玲珑巧剪裁。

窗上梅花春色早，喳喳喜鹊自飞来。

赠胡崇炜①（二首）

其一

坛坫公推将帅才，嵯峨硕画锦图开。

风云今日观辽海，龙虎群雄次第排。

其二

笔力沉雄蹑草贤②，倾情崔杜着先鞭③。

兴来慷慨诗风古，意韵悠悠两浩然。

注释：

①胡崇炜，中国书法家协会理事、行书委员会副主任、辽宁省文联副主席、
辽宁省书法家协会主席。

②草贤，对善草书者的美称。

③崔杜，指东汉著名章草书法家崔瑗、杜操二人。着先鞭，比喻先人一步，
处于领先地位。

赠甘海民①

石上纵横卷雪涛，一腔热血化锥刀。

拈针绣女春花美②，挥斧将军意气豪③。

耻向流风抛媚眼，能将古雅领群髦④。

卓然一帜飘辽海，几度印坛披锦袍⑤。

注释：

①甘海民，著名书法家、篆刻家，中国书法家协会会员。辽宁省书法家协会副主席、沈阳市书法家协会副主席。多次在全国篆刻展赛中获奖。

②拈针，指精美细致的执刀刻印如绣花女拈针。

③挥斧，指豪放雄劲的执刀刻印如将军挥斧。

④髦，俊杰。

⑤多次荣获全国篆刻大奖。

读李存葆报告文学集感赋①

一经血火焠锋芒，沧海钓鳌探锦囊。

雄鬼激扬多憎爱，古今吞吐论兴亡。

梦萦齐鲁乡情烈，气踏苏辛逸兴狂②。

动地惊天新史记，夜阑掩卷泪沾裳。

注释：

①李存葆，祖籍山东，当代著名作家，曾任解放军艺术学院副院长、中国作家协会副主席。

②苏辛，宋代苏轼与辛弃疾，二人词作均以激越豪壮著名。

寄怀仲元仁兄①

天涯兄弟隔参商，嗟怨寒宵枕簟凉。

西岳披云同啸傲，东瀛放笔两汪洋。

雕龙君已传名远，秉烛余犹束笋忙②。

明日携樽三万里，崖州一醉又何妨③。

注释：

①仲元，李仲元。著名学者、书法家、诗人。沈阳故宫博物院名誉院长、辽宁省书法家协会顾问、沈阳市书法家协会名誉主席。

②束笋，成捆的竹笋，多以形容诗文稿卷积累之多。

③崖州，北宋时设置之州，在今海南三亚一带。仲元每年冬南夏北，有一半时间居于三亚。

建军赠茶口占（二首）

其一

阿翁欢喜是明前，齿颊含香品茗鲜。

一碗清风生两腋，从兹日日作神仙。

其二

问余何事乐悠悠，龙井狮峰供案头①。

一缕茶烟如羽扇，茅斋浑似小瀛洲。

注释：

①西湖龙井茶位列中国名茶之首。龙井茶有狮峰、龙井、云栖、虎跑、梅家坞五个核心产区，以狮峰为上品。

题赠显声吾弟①

金兰契合四旬春②，北墅南园花气薰。

如弟如兄如手足，亦茶亦酒亦诗文。

同舟泛海鸣柔橹，联袂登山踏紫云。

最是迷情阅家谱，蛟腾凤起各超群。

注释:

①显声，同姓之弟董显声。

②金兰，原指彼此友情深厚，意气投合。后指结义兄弟。四旬，四十年。

敬题鲁美四老画展①

久誉丹青寿域宽，开新借古入高端。

三千弟子抛冠冕，四座山前拜杏坛。

注释：

①参观鲁迅美术学院赵梦朱、郭西河、季观之、晏少翔四位老教授画展，即席口占。

贺李静文戏苑首演成功①

盔甲玲珑拥旆旌，梨园皇后不虚名。

一场铁马金戈舞，幕落潮翻久未平。

注释：

①李静文，女，著名京剧表演艺术家。沈阳京剧院副院长，国家一级演员。第八、九届全国人大代表。有"武旦状元""武旦皇后"之称。

赠刘敬贤

冠绝群芳技艺精，烹坛誉满大师名。

东瀛几度旋风起①，四海嘉宾赞鹿鸣②。

注释：

①刘敬贤，全国第一届烹饪大赛冠军，曾赴日本多年传授中国烹饪技艺。

②鹿鸣，即沈阳鹿鸣春大酒店，乃全国餐饮名店，刘敬贤曾多年任该店总经理。

沈阳新世纪企业发展集团创业二十周年贺题并赠高洪波贤弟①

直挂云帆商海行②，廿年勋业播芳名。

辉煌犹壮鸿鹄志，破浪乘风赴远征。

注释：

①沈阳新世纪企业发展集团，系沈阳优秀民营企业。董事长高洪波睿智果断，颇具领导才能，是辽沈地区口碑甚好的优秀企业家。

②直挂云帆，语本李白诗《行路难》（其一）："长风破浪会有时，直挂云帆济沧海。"

赠刘建敏①（二首）

其一

弱冠头角已峥嵘②，刀笔双修大器成。

圣殿煌煌藏国宝，卅年饱眼鉴菁英③。

注释：

①刘建敏，中国书法家协会会员、辽宁省博物馆研究员、辽宁省文物保护专家组成员、辽宁省博物馆陈列展览部艺术总监。曾任辽宁印社副社长兼秘书长。沈阳市文史研究馆特聘研究员。

②弱冠，古时以男子20岁为成人，初加冠，因体犹未壮，故称弱冠。

③饱眼，尽情地观赏。菁英，精华，精英。

其二

镕秦铸汉舞霜刀，气亦雍容格亦高。

铁砚磨穿追笔虎①，卓然辽海拥旌旄②。

注释：

①笔虎，唐代李阳冰善作篆书，时人称为"笔虎"。

②旌旄，军中用以指挥的旗子。

徐炽书法展贺题

扛鼎飞椽大将风，当年翰海气如虹。

韭花帖近杨疯子①，勤礼碑传颜鲁公②。

七秩春秋稍歇笔，三千弟子已称雄。

老来不妒群芳艳，自写梅花绽雪红。

注释:

①杨疯子，即唐末五代宰相、书法家杨凝式。为逃官避祸曾伴疯自晦，故有"杨疯子"之称。《韭花帖》是其代表作。

②《勤礼碑》是唐代书法大家颜真卿的楷书代表作。

读东方樾七律
秋访洋湖沟步原韵奉和

白山余脉待君临，欲赋秋光喜不禁。

沟壑千重疑读画，溪流万叠似鸣琴。

浮槎笑说登瀛梦①，寄慨欢舒访菊心。

休怪群莺飞左右，酒痕花气满吟襟。

注释：

①浮槎，指古代传说中来往于海上和天河之间的木筏。登瀛，登上瀛洲，犹成仙。

晨出凤城郊游

十里探春出古城，魂销梨雪醉听莺。

醺醺无力偿诗债，且待西霞赋晚晴。

古稀漫兴

少看鹏鸟啸沧溟①，羽未丰时已鹤龄。

了了云霞如梦醒②，所欢持酒对惺惺③。

注释：

①沧溟，大海。

②了了，了然。

③惺惺，聪明的人。指聪明的人怜惜聪明的人，比喻同类的人相互爱惜。

为出版社老编辑写照

四时伏案忘劳饥，甘为他人作嫁衣。

颓笔千支红烛短，新书万卷雪须稀。

筹谋佳构开生面，删削芜词入化机①。

每抚缥缃如把酒②，枕山襟海自沉迷。

注释：

①化机，变化的枢机。

②缥缃，指书卷。古时常用淡青、浅黄色的丝帛做书囊书衣，因以代指书卷。

与音乐家老友重逢感赋

辽粤暌违四十年①，长亭执手话前缘。

君工弦管调音律，我爱芝兰执教鞭。

东岳登峰同赏日，西江把酒各烹鲜②。

归来小筑栽梅竹，半亩清风养浩然。

注释：

①暌违，别离、隔离、分离。

②此西江指位于广东、广西之间的珠江水系干流之一。

赠王议信①

激赏镜头日日新，如诗如画美无伦。

三江览胜追鸥鹭，五岳搜奇辟莽榛。

艺苑英才频写照，黉门学子亦传神。

兴来小试丹青手②，元气淋漓见本真。

注释：

①王议信，中国新闻艺术摄影家协会会员、原《辽宁职工报》资深记者、
国家一级摄影师。曾在全国及省市摄影比赛中多次获奖。
②议信兼擅国画，所画山水意境雄浑，空蒙幻化。

茶乐无涯

老来冰蚁换仙芽①，小筑梅溪处士家。

咀味三杯香透齿，烹煎四季笔如花。

何当酪酊邀新月，好趁清凉赏落霞。

一榻茶烟消永日，萧然物外乐无涯②。

注释:

①冰蚁，美酒。仙芽，茶之美称。

②萧然，潇洒，悠闲。

茅茨高趣

世味年来薄似纱，归欤小隐避喧哗。

开怀一卷窗前月，泼墨盈笺笔底花。

云辔苍山供画稿①，田畴野菊赠芽茶。

茅茨日日迎高士②，群鸟呼迎到谢家③。

注释：

①云辔，飞驰的云。

②高士，志趣、品行高尚的人。

③谢家，古指晋太傅谢安家，亦常用以代称高门世族之家。亦有指南朝宋谢灵运家，或南朝齐谢朓家。

周育伦桐花书屋索题①

闹市偏寻一径幽，桐荫竹影翳青楼。

楹联讶识鸿儒主，梁燕欢迎老学究。

四壁龙蛇飞雅逸，一庭花草献晴柔。

每从石上论棋弈，战到西天月似钩。

注释：

①周育伦，四川省著名书画家、篆刻家。

蝶恋花·翰墨情

母训童蒙亲手口，

退笔如山，碑帖长相守。

日暮苍龙重抖擞，澜翻翰海雄风起。

歌罢大江呼换酒，

醉称张颠，豪气冲牛斗。

不羡湖舟垂钓叟，痴情绛帐传香久。

读齐白石先生家照

巨匠丹青绝俗尘，怀中尤物屡更新。

才人自古怜佳丽，子建倾情赋洛神①。

注释：

①子建，即曹操三子曹植，为三国时期著名文学家。《洛神赋》为其辞赋名篇。

农妇弄璋志喜

十月怀胎盼梦熊①，果然虎子降辽东。

七分聪俊三分力，指日云开见彩虹。

注释：

①梦熊，即祝贺生男孩的贺语，如同"喜得贵子"之意。"弄璋"亦因此意。语出《诗经·小雅·斯干》。

政法干警赞

怒向妖邪一剑横，恢恢法网岂容情。

持衡秉鉴清风振①，赢得承平雅颂声②。

注释：

①持衡，指公允地品评人才，比喻掌握国家大权。秉鉴，持镜，比喻明察。

②承平，太平。

东北抗日联军颂①

黑水咆哮卷怒涛，白山血战浣征袍。

无边草木挥戈戟，拉朽摧枯捣寇巢。

注释：

①此诗为参加 2005 年 8 月 15 日"沈阳市纪念中国人民抗日战争暨世界反法西斯战争胜利 60 周年'白山黑水的诉说'主题系列活动启动仪式"之书法展而作。

草庐寄怀

蓬窗独倚看南山，人道青娥挽翠鬟。

林莽千重云叆叇①，花丛百里水潺湲。

飞椽开辟鸿蒙外②，写意游娱情性间。

乍起吟怀杖藜远③，芦滩与鹤共悠闲。

注释：

①叆叇，指云彩很厚的样子，形容浓云蔽日。

②飞椽，挥动如椽之笔书写大字。

③杖藜，谓拄着手杖行走。藜，野生植物，茎坚韧，可为杖。

中秋望月随想（四首）

蟾宫折桂

怅望悬钩转玉轮，十年衣带已宽身。

八千寒士传胪梦，几个蟾宫折桂人。

嫦娥归乡

夜夜思乡泪已干，今宵叵耐下尘寰。

云衢四顾家何在①，火树银花万国欢。

注释：
①云衢，云中的道路，借指高空。

萧何月下追韩信

争王称霸乱兵戈，弃项投刘坎坷多。

戴月追韩为救国，而今若个是萧何。

读苏轼词《水调歌头》

抒怀总趁月华光，千古骚人笔墨狂。

水调歌头传绝唱[①]，后人追蹑赋汪洋。

注释：

①词圣苏轼的《水调歌头》是望月抒怀的杰作，传诵千古不衰，堪称绝唱。

满庭芳·忆盘锦苇海之游
兼怀兴文贤弟①

烽火当年，军民勠力，同挥百万兵矛。征袍血浣，狼鬼望风逃。云散河清海晏，新油井，棋布周遭。最心赏，红滩湿地，春暖鹤声高。

滔滔，三五老，寻踪芦荡，轻点船篙。快意风来也，对笑酕醄。乘兴舷当琶板，漫吟李杜诵庄骚。曾年少，乍观沧海，直欲驾鲸鳌。

注释：
①兴文，郭兴文，其时任盘锦市委副书记。

长江岸边观郭沫若诗碑

披云兀立瞰江奔，风雨难销铁笔痕。

摩抚依稀听啸傲，何年郭老过夔门。

古战场抒怀

瀚海烽烟百丈关①，五千铁血战荒蛮。

风翻旌帜遮胡月，一鼓惊天奏凯还。

注释：

①瀚海，本指海，即北方的大湖，后来指沼泽，北方广大地区，戈壁沙漠。

友人失聪一耳题慰

失聪一耳奈如何，无碍泛舟披雨蓑。

但有明眸观世界，诗书读罢览山河。

老琴师心语

绿绮恣吟啸①，泠泠六十秋。

三千风雅客，谁可共悠游。

注释：

①吟啸，高声吟唱。

雨后江上船中作

天开图画醉吟眸，水墨氤氲掩竹楼。

幻化如烟难入笔，祈求老大慢移舟①。

注释：
①老大，方言，称船主或主要的船工。

为德柏摄秋湖莲花题照

嗟悔三秋访睡莲，寒霜萧杀压湖天。

惊看败叶枯枝上，一点红花带露鲜。

为英文弟苦读外文书写照①

四季频传域外音，谁家朗朗夜深沉。

雄鹰欲展凌云翼，遂把初心付苦心。

注释：

①英文，即崔英文，著名企业家，上海同济大学硕士研究生毕业。其为
人豪爽且文雅，社会声誉甚佳。

欢五岁女娃画荷花口占

玉面红装五岁娃，玲珑小手抱京楂①。

淋漓涂到开心处，笑脸高扬灿若花。

注释：

①京楂，最大的毛笔，又称"抓笔"。

题鹤鸣轩画廊赠王柏樵①（二首）

其一

四壁丹青翰墨香，古今珍宝萃华堂。

鹤鸣芳誉传南北，艺苑关东第一廊。

其二

来往书狂与画狂，仰观一眼便安详。

大师巨迹光焰在，谁敢尊前论短长。

注释：

①王柏樵，著名青年艺术品经纪人，沈阳鹤鸣轩画廊经理。其装裱技术名闻遐迩，藏画丰富，信誉甚高，且为人仗义，故画廊常为文人墨客雅集之地。

《凤江隶书作品集》出版贺题①

摩崖三颂苦淹留②，追蹑仙风四十秋。

铁砚穿时双鬓雪，拨云又上一层楼。

注释：

①高凤江，余之弟子。中国书法家协会会员、辽宁省书法家协会理事、沈阳市书法家协会副主席。擅隶书，知名辽沈。

②摩崖三颂，指汉代的《西狭颂》、《郙阁颂》和《石门颂》三个摩崖石刻，是汉代隶书的典范之作。

赠冷旭①

一帜高标别有天，峨然四绝冠群贤②。

因何古法翻新意，万卷情兼山水缘。

注释：

①冷旭，原辽宁美术馆馆长，辽宁画院院长，九三学社中央书画院副院长，国家一级美术师、教授。享受国务院政府特殊津贴专家、辽宁省优秀专家。

②四绝，冷旭在书法、中国画、诗词、篆刻四方面均有很高造诣。

题徽宣堂赠汪晓林①

四海名家访店堂，徽风气宇自轩昂。

佳时雅会鸿儒客，遐迩谁堪作雁行②。

注释：

①汪晓林，著名企业家。东北名店徽宣堂总经理，泾县宣纸厂东北总代理。
②雁行，飞雁的行列，指同列、并列。

退笔戏咏

万毫齐力笔锋铦，虎震龙威忆盛年。

十载飘萧如我发，几丝银缕尚流连。

海外学子归家省亲（二首）

其一

诗书漫卷简行装，山海车船恨路长。

月下柴门闻犬吠，推门一跪喊爹娘。

其二

左手阿爹右手娘，迷离泪眼细端相。

韶华昔日春杨柳，落尽霜花鬓发苍。

读《三国演义》四题

曹操

苍髯抖擞月如磨，横槊铿锵赋短歌①。

可叹东风烧赤壁，雄兵百万葬江波。

注释：

①赤壁之战前夕，曹操在大江之上饮酒，横槊立于船头，赋诗《短歌行》，慷慨而歌。

诸葛亮

谈笑军师羽扇轻，东风骤起乱曹营。

楼船火海连云海，烟灭灰飞百万兵。

关羽〔二首〕

其一

血注刀头刮骨时，捻髯谈笑弈棋痴。

黄金辞受飘然去，义士高情两相知。

其二

圆睁凤目血偾张，忍看曹军两将亡。

一骑如风飞赤兔，青龙偃月斩颜良①。

注释：

①青龙偃月刀，为东汉末名将关羽所用之武器。颜良，为东汉河北军阀袁绍帐前勇将，被关羽斩杀。

稀年谑词①

雅集年年少，银丝日日多。

云山修老屋，烟月访新荷。

坐拥书千卷，行吟雨一蓑。

客来茶当酒，谈笑两弥陀。

注释：

①稀年，即古稀之年，为70岁的代称。

雪中游白梅园遇画家作

穹宇纷纷降六葩^①，寒香散漫玉横斜。

拈毫愁煞丹青手，难辨梅花与雪花。

注释：
①六葩，雪的别称。雪花六角，故名。

左笔书家菊园挥毫索题

墨癖殊非浪得名^①，三千废纸鬓霜生。

漫挥左笔惊凡眼^②，豪醉东篱唱晚晴。

注释：
①墨癖，指爱墨的癖好，即痴迷书法者。
①左笔，以左手书写称左笔。

254

山寺饮茶作（二首）

其一

古井汲泉烹碧针，冰瓯轻呷润禅心①。

何须摇扇驱炎暑，万壑松风助朗吟。

注释：
①冰瓯，洁净的杯子。

其二

汤沸声中泛雪花，凝神建盏忆繁华①。

年来翻悟三千界，瀚海人如一粒沙。

注释：
①建盏，为宋时皇室御用的茶具，因产自建州府建安县建窑，故称"建盏"。

友人篆刻集索题

坐拥三千石，纵横五万刀。

拈针描锦绣，挥斧战鲸鳌。

秦汉斑斓古，龙蛇意气豪。

摩挲迷醉眼，不忍弃醇醪①。

注释：

①醇醪，味厚的美酒。

自题画梅

赏梅何必访瑶台，一纸麻笺略剪裁①。

点染红花三五笔，登时春色满寒斋。

注释：

①麻笺，即麻纸，又叫"平阳麻笺"。曾一度作为贡纸、府纸。明清时代被指定为皇宫用纸，蜚声京华。

老翁登山进香

梵刹深山钟鼓鸣①，蹒跚万仞执藜荆②。

凡身叩拜金身下，云未飘消雨未停。

注释：

①梵刹，泛指佛寺。
②藜荆，劣质木料制的手杖。

阳春游园偶得

阳春三月蝶蜂忙，不禁吟魂逗酒肠。

耀眼繁华终过眼，何如诗墨久留香。

山行口占

鲸饮当年傲翰林，皤然犹有击壶心①。

年来最爱登峰顶，釃酒邀云对鹤吟②。

注释：

①皤然，白的样子，多指须发。晋裴启《语林》："王大将军（王敦）每酒后，辄咏'老骥伏枥，志在千里，烈士暮年，壮心不已'。便以如意击珊瑚唾壶，壶尽缺。"表示渴望施展才能，壮怀激烈。亦指击节吟咏。
②釃酒，斟酒。

258

听秦腔口占

冲天一嗓血偾张①，九曲黄河吼断肠。

颤栗秦川八百里，汉风唐韵听苍凉。

注释：

①血偾张，即血脉偾张，多用来形容激动、亢奋、激情。

读干谒诗有感①

投诗干谒索荣华，未负吟笺落烛花。

一日登龙执牙笏②，当年琶板似鸣蛙。

注释：

①干谒诗是古代文人为推销自己而写的一种诗歌，类似于现代的自荐信。

②登龙，指登龙门，泛指升官。执牙笏，古代诸侯上朝须执牙笏。

娱老吟

少壮云游远，扁舟雨一蓑。

三江资啸傲，五岳赋巍峨。

笔老雄风劲，茶新逸友多①。

衔杯犹自唱，将进酒如何②。

注释：

①逸友，方外之友，志趣高雅的朋友。

②唐代诗仙李白名诗《将进酒》。

赠韩春恒教授①

三千桃李蔚成阴，未负春风化雨心。

华发萧萧情浩荡，拍栏犹作老龙吟。

注释：

①韩春恒，著名学者、诗人。辽宁省直属机关职工大学教授。

赠董晓祺吴霞伉俪①

芸斋清雅胜豪华，醉看梅花赏墨花。

人有高怀心自善，祺祥如玉美无瑕。

注释：

①董晓祺，著名青年书法家。中国书法家协会会员、辽宁省书法家协会理事、沈阳市书法家协会副主席。吴霞，中国医科大学附属盛京医院口腔科护士长。

讲台上女学生送茶口占

绛帐传薪喉吻干，一瓯香雪步姗姗①。

顿时神爽谈锋健②，三响铃声兴未阑。

注释：
①香雪，香雪茶。
②谈锋，言讲的劲头，言谈的锋芒。

重阳老友聚会

东篱击缶奏宫商①，诗酒联欢夜未央。

曳杖掀髯歌且舞，疏狂一场又何妨。

注释：
①宫商，古代音律中的宫音和商音，后人用其泛指音乐。

为文抄公写照

华馆旌翻亦胜期①，群雄吹擂竞新奇②。

精摹汉石描丛帖，争录唐诗抄宋词。

巨制摩天峰耸峙，千言满壁路逶迤。

羲之掷笔惊嗟久，一纸兰亭愧品题。

注释：

①胜期，胜日，指亲友相聚或风光美好的日子。

②吹擂，本意是指吹军号，擂鼓。比喻夸大宣传夸口吹嘘。

心语诗痕

苦吟（十首）

其一

一字吟安两鬓丝，销魂每在断肠时。

缘何人比黄花瘦①，苦在斯兮乐在兹。

注释：

①宋代李清照《醉花阴》："帘卷西风，人比黄花瘦。"

其二

烛照三更老笔勤，幽哦总乘酒微醺①。

灵光乍现飞笺草②，不向庖丁借斧斤③。

注释：

①幽哦，低声吟咏。
②灵光乍现，指突然有了灵感，即有了创造性地解决问题的思维状态。
③庖丁，厨师。

其三

探访梅花杖瘦筇，南枝歌罢北枝红。

可堪一路歌慷慨，删尽芜词酒篓空①。

注释:

①芜词，芜杂之词，常用作对自己诗文的谦称。

其四

痴痴一介老诗癯，煮酒烹茶两自娱。

尘客不看吟箧满①，嘲吾颔下已无须②。

注释:

①吟箧，装诗笺的小箱。
②颔下，俗称下巴。

其五

子建高标八斗才①，从容七步耸崔嵬。

阆仙雕琢终成器②，两句三年泪满腮③。

注释:

①八斗才，《南史·谢灵运传》中，谢灵运曰："天下才共一石，曹子建（植）独得八斗，我得一斗，自古及今共用一斗。奇才博识，安足继之。"

②阆仙，唐代诗人贾岛，字阆仙。一生苦吟，人称"诗奴"。

③贾岛有"两句三年得，一吟双泪流"句。

其六

年少吟哦老未精，庸儒岂可骋高情。

却看满纸荒唐句，尽是丝丝血染成。

其七

幽宵新笔已摇残①，烛泪三更墨海干。

百纸涂鸦如乱草，怅然一字未吟安。

注释：

①幽宵，昏暗的夜晚。

其八

苦心何日转欢心，十九诗篇枕上吟。

竹影摇窗清梦好，原来佳句不须寻。

其九

搜索枯肠乏妙思，吟襟溅墨鬓如丝。

卅年枉作三千首，一炬灰飞愧盛时①。

注释：

①盛时，犹盛世。

其十

中岁方知炼意难①，豁然襟抱海天宽。

少陵妙造寻常语，每咏登高心胆寒②。

注释：

①元代王构《修辞鉴衡》："炼句不如炼字，炼字不如炼意。"诗贵意境。
②杜甫诗《登高》被后人誉为"七律之冠"。少陵，杜甫自号"少陵野老"。

吟课咏叹（六首）

其一

捻得须稀句未安，凭栏怅望晓星残。

雄鸡先我成诗稿，啼出红霞映紫冠。

其二

揽镜唏嘘两鬓丝，几多相识是相知。

回眸壁上龙腾日，已是人书俱老时①。

注释：
①唐代著名书法家、书法理论家孙过庭《书谱》："通会之际，人书俱老。"

271

其三

秉烛三更到五更，一诗千改尚求精①。

苍头飘雪终无悔②，偶得新奇老泪横。

注释：
①清代文学家诗人袁枚《遣兴》："一诗千改始心安。"
②苍头，言头发斑白，指年老的人。

其四

兴会诗狂酒也狂，酡颜莞尔漾灵光①。

新裁信手呈风骨，三咂醇醪意味长。

注释：
①莞尔，微笑的样子。

其五

笔冢方知诗道难①，嗟无一句起波澜。

孤灯夜夜垂双泪，不觉衣宽鬓发残②。

注释:

①诗道，作诗的规律、主张和方法。泛指作诗之事。
②衣宽，身体消瘦而觉衣服宽大。

其六

母训吟歌尚耳鸣，少年抄诵苦伶仃。

羞今凑泊三千首①，佳什寥寥已鹤龄②。

注释:

①凑泊，凑合，拼凑。
②佳什，好诗，优美的诗作。

诗魂情语（六首）

其一

忧道文章老未休①，贫生耻为稻粱谋。

诗关家国多风雨，俯仰江山带血讴。

注释：

①忧道，《论语·卫灵公》："君子忧道不忧贫。"

其二

吟榻寻章已半生①，花丛冷眼看浮名。

醒来一炬焚庸作，留得清芬任品评。

注释：

①吟榻，诗人作诗时的卧榻。

其三

三推簪笏谢封侯①，麻苎宽身胜锦裘。

翰墨丹青诗共酒，花开花落自悠游。

注释:

①簪笏，古代笏以书事，簪笔以备书，臣僚奏事，执笏簪笔，即谓簪笏，故也称做官为簪笏。予曾有机会从政，因不忍割爱艺术，固辞未就。

其四

高情文白两由之，不薄新诗爱旧诗。

风雨吟魂缘兴怨①，何须今古论雄雌。

注释:

①《论语·阳货》："诗，可以兴，可以观，可以群，可以怨。"

其五

平正生根险绝奇，还从涵泳辨醇醨^①。

难能味外多滋味，俗气沾身不可医。

注释：

①醇醨，原指厚酒与薄酒，亦用以比喻教化风俗的敦厚与浇薄。此指气味、滋味、韵味等纯正浓厚。

其六

虔虔敬畏两持之，未动真情敢谈诗。

哀乐由来恨虚假，披肝沥胆唱新词^①。

注释：

①披肝沥胆，比喻开诚相见，说心里话。

鹊桥仙·苦吟

三更烛泪，形容枯槁，

犹恨吟蛩烦扰①。

敲残琶板梦魂销，情未了，灵光杳杳。

华年傲藐②，黄昏方晓，

李杜门前跪倒③。

登山观海豁幽襟④，抬望眼，天青月皎。

注释：
①吟蛩，鸣叫着的蟋蟀。
②傲藐，傲慢斜视，骄傲的样子。
③李杜，"诗仙"李白和"诗圣"杜甫。
④幽襟，幽怀。

江城子·苦吟

多情枉费枕边心。

日沉沉，夜深深。

呕断枯肠，佳境苦搜寻。

倦眼迷离云雾翳，壶漏歇，酒停斟①。

东风著意荡胸襟。

入儒林，度金针②。

鉴古知今，山水听清音。

莫笑苍颜菱镜里③，三缕发，不胜簪。

注释：

①壶漏，古代计时器的一种。

②度金针，比喻秘诀。

③菱镜，古代以铜为镜，映日则发光影如菱花，因名"菱花镜"。

心语

卖得诗文换酒钱，小楼一醉即神仙。

狂吟西岭千秋雪，豪买东篱半亩田。

只为重情难出世①，但能无欲自延年。

不曾拜佛充香客，风雨临门也泰然。

注释：

①出世，佛教名词，一般指脱离世间束缚，即"解脱"之意。

秋游寄适①

爽籁泠然暑气收②，悠哉策杖踏高秋。

浑无城府忘休宠，消尽机心逐鹭鸥③。

佳兴忽来诗放旷④，豪情乍起酒风流。

最宜蒙雨披蓑笠⑤，快意烟波泛钓舟。

注释:

①寄适，寄托闲适的心情。

②爽籁，清风。

③机心，指的是巧诈之心、机巧功利之心。逐鹭鸥，即"鸥鹭忘机"之意，忘却计较巧诈之心，自甘恬淡，与世无争。

④放旷，豪放旷达，不拘礼俗。

⑤蒙雨，毛毛细雨。

仿古吟（四首）

仿清王士祯诗《题秋江独钓图》诗法试作。

泛舟唱晚

一蓑一笠一壶觞，一片烟波一苇航。

一笛风中一痕月，一声欸乃一愁肠①。

注释：

①欸乃，摇橹声或划船时歌唱的声音。

雪庐闲吟

一梅一鹤一芳邻①，一韵高寒一出尘。

一笔龙蛇一池墨，一庐独醉一壶春。

注释：

①芳邻，好邻居。

《心经》默写

一宵一烛一窗星，一炷心香一卷经。

一盏清茶一支笔，一生记诵一箴铭①。

注释：

①箴铭，泛指规诫之言。

山中抚琴

一山一水一横琴，一石流泉一款襟①。

一曲泠泠一垂泪②，一生难觅一知音。

注释：

①款襟，畅叙襟怀。

②泠泠，清凉、凄清的样子。多形容声音清越。

附：清王士禛诗《题秋江独钓图》

一蓑一笠一扁舟，一丈丝纶一寸钩。

一曲高歌一樽酒，一人独钓一江秋。

答友人

莫笑秋翁两鬓霜，兴来未减少年狂。

珠玑咳唾非关酒①，日日吟哦寿自长。

注释：

①咳唾，本指咳嗽吐唾液，后以此称美他人的言语、诗文等，比喻谈吐不凡。

为潘德柏刘云霞伉俪题照①

德业齐身品自高，柏松情义冠群髦。

云龙如意双飞舞②，霞蔚席罗山海肴③。

注释：

①潘德柏，艺术品投资者，沈阳市书法家协会副主席，沈阳市收藏家协
会副会长。刘云霞，政协沈阳市和平区委常委，青年企业家。

②德柏、云霞均属龙。

③二人以经营酒店知名，近年以日成金海珍坊红火于沈阳。

送卓群小侄赴澳洲留学①

喜趁韶华赴壮游，负书万里跨洋洲②。

如今衣锦还乡日，满眼鲜花不胜收。

注释：

①卓群，王卓群，为王利、李迎新之子。2009 年夏赴澳大利亚留学。

②谓背笈游。笈，书箱。

旅顺蛇岛探奇[①]

轻艇欢歌海上飞，嶙峋孤岛沐朝晖。

碧涛拍岸冲云絮，鸥鸟盘空环钓矶[②]。

分棘群蛇逃迅速，伤神一路喘歔欷[③]。

归航落照惊魂客，相顾无言汗湿衣。

注释：

①旅顺蛇岛，即大连蛇岛，为国家级自然保护区，位于大连市旅顺口区西北角渤海湾海面上。岛上生存着1.8万余条品种单一的黑眉蝮蛇。

②钓矶，钓鱼时坐的岩石。

③歔欷，同嘘唏，叹息。

祝贺辽河情书画展开幕

华堂丹墨盛筵开，不禁乡情泪满腮。

千里辽河风雨后，无边春色又回来。

广西沈阳文史馆笔会即席作

翰林辽桂两风流，一席抒怀趁晚秋。

欲把邕江当墨海①，高歌盛世笔难收。

注释：

①邕江，是广西首府南宁的母亲河，位于广西南部，在南宁市境内。

读烈士林觉民《与妻书》感赋①

绝唱殷殷泣血书，万人读罢泪模糊。

冲天浩气惊神鬼，千古英雄大丈夫。

注释：

①林觉民，福建闽侯人，革除暴政建立共和的革命先烈，"黄花岗七十二烈士"之一。《与妻书》是其就义前写给妻子的家书，信中抒发了对妻子的挚爱和对革命事业的忠诚，情真意切，催人泪下。

骆驼咏赞

瀚海茫茫涉暑寒，风沙千里步维艰。

荆榛咀嚼充饥馁①，越过阳关向玉关②。

注释：

①荆榛，泛指丛生灌木，形容荒芜情景。

②玉关，即玉门关。

端午节答友人（二首）

其一

年年端午动情肠，粒粒珍珠满口香。

一卷骚经三苇叶①，不禁遥忆汨罗江。

注释：

①苇叶，做粽子用的芦苇叶。

其二

茶亦清香粽亦香，高情乐煞老漫郎①。

他时一醉须芹献②，看我龙蛇笔下狂。

注释：

①高情，盛情，高情雅意。漫郎，指放浪形骸不受世俗检束的文人。

②芹献，为礼品菲薄的谦词。

除夕感怀①（二首）

其一

今宵倾尽瓮头春②，敬罢亲人敬友人。

爆竹鸣空歌永夜，普天为我庆生辰。

注释：
①除夕，余之生日也。
②瓮头春，酒名。泛指好酒。

其二

敢忘呱呱慈母恩，家风未袭旧王孙。

一生艺海摇双楫，岁岁黉门践履痕。

遣兴

一蓑烟雨弄扁舟，撑遍江湖鬓已秋。

小筑茅茨犹府第①，博藏瑶帙亦王侯②。

三更笔落龙腾壁，半亩梅开鸟啭喉。

嗟叹杯空佳句少，拨云常向月宫偷。

注释：

①茅茨，茅草盖的房屋，亦指茅屋，简陋的居室，常用作谦词。

②瑶帙，书套的美称。亦指代书。

闲情赋（四首）

其一

耒耜停耘息教鞭①，登山观海作游仙②。

逍遥不厌吟程远，爽借秋风补少年。

注释：

①耒耜，上古时农具，此借指耕耘。息教鞭，指从教学岗位上退休。

②南朝梁刘勰《文心雕龙·神思》："登山则情满于山，观海则意溢于海。"

其二

一杖江山万里游，悠哉不倦老诗囚①。

行吟也学徐霞客，履下烟云满箧收②。

注释：

①诗囚，指苦吟的诗人。

②箧，小箱子，此处指装诗稿的诗箱。

其三

悬梁刺股忆韶华①，坐拥书城鬓已花。

遥拜东坡吟兴起，一蓑烟雨走天涯。

注释：

①悬梁刺股，《太平御览》引《汉书》载，孙敬以绳系发悬于梁。《战国策·秦策》载，苏秦引锥刺其股（大腿）。此为古人刻苦读书的两个范例。

其四

凡生矢志两繁华①，苦为浮名戴锁枷。

岁老方知云水阔，携樽湖畔钓鱼虾。

注释：

①两繁华，余虽不敏，一介凡生，而立志在书法和诗词两方面都能取得一些成就。

漫兴

三年幽梦砚深凹，蕉叶八千飞紫毫①。

日日新诗频咀嚼，泠泠古调恣吟猱。

观鱼戏水思花港，树蕙滋兰诵楚骚②。

我与笼莺多唱和，嘤鸣乐得两陶陶③。

注释：

①古传怀素曾用蕉叶作书，见陆羽著《僧怀素传》。紫毫，用山兔毛为
原料制成的笔。

②楚骚，指屈原所作的《离骚》，亦泛指《楚辞》。

③嘤鸣，鸟相和鸣，比喻朋友同气相求。

芦荡船上作

霜风瑟瑟吼寒鸦，枉负洞庭秋景佳。

满眼芦花风卷雪，诗心狼藉乱如麻①。

注释：

①诗心，作诗之心，诗人之心。狼藉，纵横散乱的样子。

归乡挖野菜

少小披荆过五溪，一篮野蕨救啼饥①。

而今玉食珍馐宴②，未若菜羹沾野泥③。

注释：

①野蕨，山区野生蕨菜。

②玉食珍馐，指珍美的食物。

③菜羹，用蔬菜煮的羹，借指家乡风味。

山居野趣（二首）

其一

一椽幽谷胜华轩①，月下横琴试雪弦。

来往诗朋争酒盏，纷纷嘉美小壶天②。

注释：
①一椽，一条椽子，借指一间小屋。华轩，华美的殿堂。
②嘉美，称许，赞美。小壶天，指仙境。

其二

银须捻断却忧嗟①，诗橐萧萧愧酒茶②。

不意风将吟榻扫，蘧然一梦笔生花③。

注释：
①忧嗟，忧愁叹息。
②诗橐，即诗囊。
③蘧然，指惊喜的样子。

寒斋听雪偶得

四壁龙蛇半屋花，三千书卷一壶茶。

嗟哦岂是雕虫技^①，一字吟安两鬓华。

注释：

①嗟哦，慨叹吟哦。雕虫技，即雕虫小技，比喻微不足道的技能，多指文字技巧。

砂壶吟

墨海翻腾笔放歌，三更烛泪苦吟哦。

颐年不恋销魂酒^①，一把砂壶养太和^②。

注释：

①颐年，保养年寿。

②太和，指人的精神、元气平和的心理状态。

漫浪闲吟（二首）

其一

痴痴一介老诗癯^①，诗酒悠然便自娱。

卅载铿锵吟满箧，镜中霜鬓了无须。

注释：

①诗癯，清瘦的诗人。

其二

殊乏心机忝上流，遥情棹唱五湖秋。

无边风月撩醇酒，浇尽浮生万斛愁^①。

注释：

①十斗为一斛。万斛愁极言愁苦之甚。

酷暑戏作（四首）

其一

暑气弥漫南北中，人如蝼蚁困蒸笼。

一时天下蒲葵尽①，摇乱乾坤暴热风。

注释：

①蒲葵，指用蒲葵制成的扇子，又称芭蕉扇。

其二

雨伯雷公莫远游①，可知烈焰噬田畴。

苍天应恤扶犁苦，汗水流时泪水流。

注释：

①雨伯，神话中的司雨之神。雷公，古代中国神话中主管打雷的神。

其三

风雨年年六月狂，而今避火遁逃荒。

恹恹草木多枯瘦，惟听饥蝉哭断肠。

其四

长空疯舞火龙鞭，半月烧红半面天。

千里湖波失浩渺，离离荒草掩游船。

"九一八"感怀①

浩荡钟鸣震晚秋，锥心遗垒弹痕稠②。

倭奴胆敢招魂鬼，誓雪新仇报旧仇。

注释：

①九一八事变是 1931 年 9 月 18 日日本驻中国东北的关东军突然袭击沈阳，以武力侵占东北的事件。

②遗垒，故垒。

清明祭

松山挥泪两焚香，祭罢娘亲祭国殇①。

哺乳衔恩常梦寐，英魂千古海天长。

注释：

①国殇，旧指在保卫国家的战争中牺牲的人。

赌石

贫富攸关赌一刀，心惊胆战苦煎熬。

石开刹那魂飞散，半是欢呼半哭嚎。

草亭送友人

长郊十里雨飘零，执手无言伫草亭。

离酒一杯和泪饮，声声杜宇断肠听①。

注释：

①杜宇，即杜鹃。传远古时蜀国国王杜宇死后化为子规（又名杜鹃），称为杜鹃鸟。杜鹃至春昼夜悲鸣，啼血乃止，后常以形容哀痛之极。

重阳登山赏枫

天公恣意美秋颜①，千里青峰火满山。

拾得霜枫三百叶，殊堪遣兴赋红笺②。

注释:

①恣意，放纵，肆意。

②殊堪，特别能够。遣兴，抒发情怀，解闷散心。红笺，又名浣花笺、薛涛笺，多用于题写诗词或作名片等。

画梅竹图自题

枉写梅花抱雪开，沛然清气漫楼台。

三杯酒罢三竿竹，习习清风扑面来①。

注释:

①劲节清风，亦作清风劲节，以竹比喻人的品格清正，节操坚贞。

船上画山水偶得

凝神注目笔难工，鸥鸟嘲嗤愧面红①。

细雨忽来稍点染，顿时山色有无中。

注释：

①嘲嗤，调笑，讥笑。

花间小唱

悠然藤杖挂瓠蠡①，俯仰投囊忘渴饥②。

来往嘤嘤多笑我③，粘花衣上酒淋漓。

注释：

①瓠蠡，用葫芦制成的盛器。

②投囊，投诗稿于诗囊中。

③嘤嘤，指鸟鸣声。

访古寺棋僧

梵宫雨后紫云蒸^①，林莽苍苍拱峻嶒。

拾级杖头未悬酒，一肩棋笥访高僧^②。

注释：
①梵宫，指佛寺。
②棋笥，盛棋子的盒子。

船上观棋口占

沧江虎纛战龙幡^①，隐隐雷声促手谈^②。

难解难分鸥鸟急，黑云如墨雨堪堪^③。

注释：
①虎纛龙幡，意思是指将帅之旗。
②手谈，对弈，下围棋，引申到象棋及其他对局。
③堪堪，渐近，渐渐。

白梅颂

冬暮游百芳园，花俱凋落，惟一树白梅凌霜盛开，十分亮眼，感而得此。

肃杀悲哉复痛哉，三千佳丽没蒿莱。
回眸一树花如雪，独守香魂含笑开。

画竹题咏

清影参差上纸窗，分明水墨画新篁。
大师本是团圆月，谁敢尊前称竹王。

垂钓漫兴（二首）

其一

野渚瓢樽泊钓船①，涟漪初起已流涎。

丝纶一丈高悬处，赤鲤飞红半面天。

注释：

①野渚，野外池塘。瓢樽，泛指酒器。

其二

山衔落日野烟寒，鱼篓空空酒篓残。

回首翻腾双锦鲤，嬉游笑我往来欢。

家猫戏题

虎儿①三岁太猖狂，破我缥缃占我床。

老子昏昏难借榻②，倚闾扶杖晒秋阳。

注释:
①虎儿，指猫的昵称。
②借榻，借宿。

偶成

三唱荒鸡破晓晨①，墨痕狼藉泪痕新。

终年谁解吟敲苦②，满树昏鸦聒噪频。

注释:
①荒鸡，指三更前啼叫的鸡。
②吟敲，推敲吟咏诗句。

深秋夜访农庄见
欢庆丰收之景喜作

家家仓廪入云端，篝火熊熊十里看。

把酒笙箫歌酩酊①，簪花翁媪舞蹒跚②。

天公未负耕犁苦，科技终纾饮食难。

最是嫦娥动乡思，良宵下月共狂欢。

注释:

①酩酊，大醉的样子。

②翁媪，老翁与老妇的并称。

月下抚琴（二首）

其一

赋性生来逸兴狂，泠泠妙指挑宫商。

阳关不入泥牛耳，但有婵娟倚草堂①。

注释：
①婵娟，代指天上的明月。

其二

月下瑶杯对客斟，闲愁云散已春深。

梅花韵发焦琴上①，古曲泠泠传鹤心②。

注释：
①焦琴，指焦尾琴，中国古代四大名琴之一。
②鹤心，高远之心，出尘之想。

山村晨景

江北梅邨玉岭前，几家篱落起炊烟。

牧童短笛横牛背，余韵悠悠垅上传。

梨花泪

大胆梨花窥砚池，偷将风韵惹琼思①。

撩人谁耐含春泪，不禁魂销献逸辞②。

注释：

①琼思，纯真的情思。

②逸辞，亦作逸词，美丽的词藻。

听箫随想

霸主王权楚汉争，江边谁可定输赢。

悠悠一夜销魂曲，吹散八千子弟兵①。

注释：

①"八千"之"八"乃入声字，为不碍意而用之。

小壶天

结茆题号小壶天①，一卷骚经拥榻眠②。

云卷云舒观自在，四时香茗养颐年。

注释：

①结茆，同结茅，编茅为屋，谓建造简陋的屋舍。

②骚经，指《离骚》。

闻莺口占

朝烹新茗晚微醺，一炷兰香诵典坟①。

窗外流莺花树上，助吾簧舌唱纷纷。

注释:

①典坟，三坟五典的略语，泛指各种书籍。

旅馆遇雨

蓝桥驿外雨丝丝，无笠无蓑放棹迟。

一盏清茶闲弄笔，红笺吟写易安词①。

注释:

①易安，李清照号易安居士，宋代女词人，婉约词派代表，有"千古第一才女"之称。

游杏花村

欲借醍醐启慧根^①，杏花村饮杏花村^②。

可堪琶板敲残后，点染吟身是酒痕^③。

注释：
①此处取醍醐灌顶之意，指灌输智慧，使人彻底觉悟。
②在杏花村中畅饮杏花村酒。
③吟身，诗人之身。

雨夜听蛙

十里疯蛙吼断魂，沉雷犹助雨倾盆。

拼争一夜晴明后，花落南村落北村。

迎春有感

鸟虫牛草各奔忙，秦女心悬陌上桑①。

试看渔樵山水主，几人著意赏春光。

注释：

①《陌上桑》，是一首乐府诗，歌颂了秦女罗敷的美丽坚贞和聪慧机智。

游镜湖

欲学诚斋咏绝殊①，湖舟六月枉踌躇②。

红莲空溅香痕泪，吁恨霜笺一字无。

注释：

①诚斋，南宋大诗人杨万里号诚斋，有名句"毕竟西湖六月中"传世。
②踌躇，从容自得的样子。

扶筇遣兴

由来随性杖青黎，意海情山信笔题①。

问我吟痴谁唤醒，三更灯火五更鸡。

注释：

①南朝梁刘勰《文心雕龙·神思》："夫神思方运，万途竞萌，规矩虚位，刻镂无形，登山则情满于山，观海则意溢于海。"

夜饮归来

曾闻芳醑可销魂①，方出南园又北村。

酩酊寻家频问月，蹒跚一路数伤痕。

注释：

①芳醑，美酒。销魂，指灵魂离开肉体。形容极其哀愁、欢乐或惊恐时心神恍惚，不能自制。

太湖泛舟

一叶扁舟万顷波，蒙蒙烟雨隐嵯峨①。

无鱼有酒难成韵，且向艄公借钓蓑。

注释：
①嵯峨，山高峻的样子。

雨后游梨园

未待东风倩客尝，林园墙外已闻香。

流莺自顾掀簧舌，不理梨花泪几行。

观云

百鸟湖边筑草庐，一丛修竹半园蔬。

欲寻画稿无钱买，高仰闲云看卷舒。

登唐古拉山

云白天蓝绝世喧，于无人处舞经幡①。

群峰寂寂千年雪，俯首虔心拜水源。

注释：

①经幡，把印有佛陀教言和鸟兽图案的蓝白红绿黄五色方块布依次缝在长绳上，悬挂在两个山头之间。

宁桂归来

长河大漠客心惊，一苇漓江月照明。

归踏凤凰楼上雪①，拍栏唱与五湖听。

注释：
①凤凰楼，指沈阳故宫凤凰楼。

草堂自嘲

小隐山陲筑草堂，门窗开处即文章。

囊空我亦称庄主，四季烟霞无尽藏。

菊园小唱（二首）

其一

莫笑苍头不胜簪，且烹新茗助清吟①。

穷年寒士成豪富，自拥东篱半亩金。

注释：

①清吟，清美的吟哦，清雅地吟诵。

其二

一畦春雨小锄荒，不种瓜蔬不种粮。

只待篱花秋月朗，比俦诗酒笑疏狂①。

注释：

①比俦，比并，匹敌。疏狂，豪放而不受拘束。

重阳登千山

霜秋不惮雨潇潇，曳杖分荆气未凋。

山鸟助威登万仞，云峰朗啸酒倾瓢。

雨后赏芭蕉口占

缠绵一夜雨丝丝，绿满天庵梦醒迟①。

怀素问童筛酒未②，三千蕉叶待题诗。

注释：
①绿天庵，唐代"草圣"怀素出家修行和练字之处，在现湖南永州市。
相传怀素家贫无纸，种芭蕉以蕉叶代纸，名其所居为"绿天庵"。
②筛酒，斟酒。

题鼠须笔

贼性生来窃稻粱，城乡围剿恶名彰。

却看神品兰亭序，须笔游龙助墨皇^①。

注释：

①相传"书圣"王羲之名迹《兰亭序》是用鼠须笔写成。《晋书·王羲之传》："尤善隶书，为古今之冠，论者称其笔势，以为飘若浮云，矫若惊龙。"

案头赏菊

雪发飘萧揽镜愁，七弦三弄月如钩^①。

吟魂乍起谁陪酒^②，一簇黄花坐案头^③。

注释：

①七弦，即七弦琴，又称瑶琴、玉琴。

②吟魂，诗人的灵魂，又指诗情、诗思。

③黄花，金鸡菊。

古人从军前结拜有感

堆土为炉草为香，双双一跪两金刚。

从军大漠心如铁，同挽强弓射虎狼。

落花吟

蝶恋蜂围鸟语哗，红消香断殒尘沙。

痴情谁解颦儿痛①，泪听悲吟葬落花②。

注释：

①颦儿，指《红楼梦》中之林黛玉。

②《葬花吟》是《红楼梦》中林黛玉所吟诵的一首古体诗，全诗血泪怨怒凝聚，充满浓烈哀伤的情调。

放风筝

三春野甸恋长空，一线扶摇上九重。

风摆龙头云掩尾，莫非挟我去瑶宫。

归欤吟歌

阿老归欤惜岁华，东篱半亩种黄花。

茱萸插遍重阳日①，雅客纷来品菊茶。

注释：

①茱萸，别名越椒，属带香双子叶植物。古人把茱萸作为祭祀、佩饰、药用、避邪之物，形成茱萸风俗。尤喜每年九月九日头插茱萸，饮菊花酒，出游欢宴。

山中抚琴自唱

消忧膝上且横琴，万叠飞泉浣俗襟。

滚滚松涛挥手处，渔樵一曲寄退心①。

注释：

①《渔樵问答》是一首古琴名曲，为中国十大古曲之一。退心，放逸不羁之心，广阔的胸襟，避世隐居之心。

庚子岁杪赏雪①

终于瑞雪降辽天，盼得黎民眼欲穿。

不日春风云瘴散，牧歌芳草迓牛年。

注释：

①岁杪，岁月的末尾，年底。杪，树枝的细梢。也指年、月、季节的末尾。

草庐情

云中小筑草庐新，乐与青山作近邻。

春咏梅花秋酌月，南华一卷蹑芳尘。

荷花湖

飘摇一叶入湖心^①，四面清风翠鸟吟。

愧我才疏难唱和，权将酒渍当诗痕。

注释：
①一叶，形容船很小，像一片叶子。

杖藜歌

斫取枯竿即杖笻，癯身放胆上云峰。

苍天假我期颐寿，游屐也追霞客踪①。

注释：

①霞客，明代地理学家、旅行家和文学家徐霞客。

山行

收拾奚囊下翠微①，歌行一路鸟环飞。

花藤情昵催诗债②，曳杖牵衣不许归。

注释：

①奚囊，诗囊。

②情昵，亲密的感情，情爱。

抚琴口占

持壶感兴耸吟肩，一缕茶烟透竹帘。

三尺焦桐横膝上①，漫挥老手自歌弦。

注释:

①焦桐，东汉蔡邕曾用烧焦的桐木造琴，后因称琴为焦桐。

笛韵情歌

竹管悠悠若许年，百般唇指玉溪边①。

山中一笛梅花落②，诡谲云波化紫烟③。

注释:

①竹笛的吹奏，要靠口唇与手指的配合来完成。

②《梅花落》是唐代以来在市井流传广泛的笛曲。一般的《梅花落》乐曲都以歌颂傲雪凌霜的梅花为主题。

③诡谲，奇异多变。

悯牛（二首）

其一

开天辟地垦荆蒿①，犁下丰穰仓廪高②。

鞭断羸身垂老日，可怜引颈对屠刀。

注释：

①开天辟地，传说世界栖于混沌之中，上无天，下无地。后来，"天开于子"，由于老鼠咬破了黑夜，才创造了天，始有白天黑夜，故老鼠成为地支之首。而"地辟于丑"，此丑本指丑时，但丑与牛同义，可以互代，"地辟于丑"即地辟于牛。牛会犁地，才创造了大地，故丑牛仅次于子鼠，也排于地支的前列。可见传说中老鼠与牛都是开天辟地的动物。
②丰穰，收获丰盛。

其二

尽将乳肉与皮毛，救得饥寒卧冷槽。

歌舞飞觥筵宴上①，谁闻刀下苦哀号。

注释：

①飞觥，觥，古代用兽角做的酒器，飞觥就是传杯饮酒。

菊园小酌

老趁重阳看紫红，浑忘休戚与穷通①。

兴来唱到篱悬月，犹举瑶杯啸晚风②。

注释：

①休戚，欢乐与忧愁。穷通，穷困与显达。

②瑶杯，玉制的酒杯。

东篱雅集

东篱半亩灿如霞，掇取霜英煮酒茶。

漫遣吟魂三五友，火烧云下尚飞花①。

注释：

①飞花，指飞花令，古人行酒令时的一种文字游戏。

旅途问路寻酒

耽湎吟情迷路遥^①，忽来酒兴问渔樵。

香闻十里花村外，一挑酒旗风里飘。

注释：

①耽湎，沉溺。

稻田秋景

金穗折来当酒筹^①，机鸣十里闹丰收。

盘旋鹰远枫如火，雁唳声中又一秋。

注释：

①金穗，稻谷之穗。酒筹，饮酒时用以记数或行令的筹子。

观牌术表演有感

左一张来右一张，翻云覆雨快如光。

黑花一捻成红块①，老 K 三摇变大王。

假作真时真亦假，藏于露处露还藏。

大千世界多明暗，谁有金睛辨伪装。

注释：

①黑花、红块，与下句中"老 K""大王"，均为扑克牌名称。

观虬书后作

一介庭前扫地夫，如狼狂虬震京都。

张颠怒叱拖橡者，作势装腔鬼画符。

抄书老翁

古砚深凹春复秋，抄完三国又红楼①。

卅年退笔堆如冢②，白发飘萧乐不休。

注释：

①三国，指《三国演义》。红楼，指《红楼梦》。

②笔冢，古人将许多写秃的笔头埋在一起，号为"退笔冢"。

沈阳师范大学建校七十年贺题①

继往开来七秩秋，滋兰树蕙育风流②。

青丝白发狂欢日，武略文经说不休③。

注释:

①沈阳师范大学 1951 年建校，前身为东北教育学院，1953 年更名为沈阳师范学院，2001 年与辽宁教育学院合并组建沈阳师范大学。

②滋兰树蕙，比喻培育人才。语本屈原《离骚》："余既滋兰之九畹兮，又树蕙之百亩。"

③武略文经，同武略文韬、武纬文经，指文武兼备的人才。

柴建方书法篆刻展贺题①

掣鲸墨海气如虹，石上犹挥斧挟风。

漫道英才荒塞外，贺兰一帜亦豪雄②。

注释:

①柴建方，中国书法家协会第二届理事、西泠印社社员、宁夏书法家协会名誉主席、宁夏书画院副院长。

②贺兰，即贺兰山，位于宁夏与内蒙古交界处。

施耐庵纪念馆
出版《水浒诗钞》奉题

一传皇皇史记风[1]，江山霸业会群雄。

芳余口角催骚雅，毫翰淋漓寄兴浓[2]。

注释:

[1] 一传，指《水浒传》。

[2] 毫翰，毫，笔。翰，用笔所书为翰。即谓文字。

《书法报》三十年大庆贺题

卅载丰穰硕画新[1]，卓然一帜正青春。

蛟腾凤起花开日，百念辛勤作嫁人[2]。

注释:

[1] 硕画，远大的计谋。

[2] 作嫁，为他人辛苦忙碌日为人作嫁。

读《兰亭序》诸版本感赋

定武精镌假当真①，神龙响搨更无伦②。

可怜千古追随者，空隔昭陵拜圣人③。

注释：

①《定武兰亭序》，传为唐欧阳询据右军真迹临摹上石，此刻被推为《兰亭》刻本之冠。

②存世唐摹《兰亭序》墨迹以神龙本为最善。

③相传《兰亭序》真迹葬于昭陵。

砚边沉思录

把笔垂髫抚晋王①，狂僧初识鬓微霜②。

章程犹作黄昏恋③，来往人称萃草堂。

注释：

①垂髫，指儿童。晋王，指东晋王羲之。

②狂僧，指唐代怀素。

③章程，章程书，即章草。

托物言志

七君子颂（七首）

世传梅兰竹菊为"四君子"，或品格，或气节，盛赞不衰，然不甚公允。若统以植物论，应加入松柏荷"三君"，以"七君子"并称为宜，也与中华传统美学精神相契合，故有此咏。

松

岿然百丈耸云崖，鹤侣翩跹仙羽开。

浩气漫漫风雪里，干霄皆是栋梁材①。

注释：
①干霄，高入云霄。

柏

岁寒风骨老弥坚，黛色参天始祖前。

仰止虬龙霜雪后，贞心欲奉柏梁篇^②。

注释：

①柏梁篇，即柏梁诗。相传西汉元鼎二年，汉武帝大兴土木筑柏梁台后，宴请众臣，人各一句凑成一首二十六句的联句，句句押韵，诗歌史上称为"柏梁体诗"。

梅

一如清士领风骚^①，傲雪凌霜品自高。

纵使香残花落尽，铮铮瘦骨也堪豪^②。

注释：

①清士，品格高洁的人。
②铮铮瘦骨，指人有骨气，刚正坚贞。

兰

独抱孤贞遣暗香[①]，厌随桃李媚春阳。

从来君子怜秋色，撷采幽兰纫佩忙[②]。

注释：

[①]孤贞，挺立坚贞，孤直忠贞。

[②]指捻缀秋兰，佩带在身。屈原《离骚》："纫秋兰以为佩。"是以突出诗人的高雅、高贵、卓尔不群，是古代文人讲究的美好的外形与内质。

竹

不屑群芳雪后凋，绝无枝叶亦高标[①]。

遗编坠简留青史[②]，化作笙箫是雅韶。

注释：

[①]高标，超群、出众。

[②]遗编坠简，指残缺不全的古书。

菊

嗟赏东篱秋胜春，重阳锦色总翻新。

簪花老叟三杯酒，祝尔生辰我寿辰。

荷

出得淤泥不染身①，凌波仙子下凡尘。

销魂不敢移轻棹②，独倚篷窗望洛神③。

注释:
①北宋周敦颐《爱莲说》："出淤泥而不染，濯清涟而不妖。"
②轻棹，小船。
③洛神，名为宓妃，又名洛嫔，是中国神话里伏羲氏的女儿。洛神因溺死于洛水而成为洛水之神，故称洛神。

无题

大纛缤缤四十秋，韶华转瞬已苍头。

云收雨散终虚幻，且向丹溪放钓舟^①。

注释：

①丹溪，谓仙人居住的地方。

文房杂咏（十六首）

笔

千万毛中选一毫，万毫齐力似锥刀。

六书从此龙蛇舞^①，宸翰描红世所操^②。

注释：

①六书，即六种造字之法，包括象形、指事、形声、会意、转注、假借。
②宸翰，帝王的书迹。描红，旧指儿童学书法多从描红开始。

墨

烟引松油入典坟①，亦书亦画亦诗文。

纵然磨灭魂犹在，青史长留赖此君。

注释：

①松油，墨，以制作材料分为松烟和油烟两种。

纸

一从墨彩显风流，竹帛功成始退休。

遍赏繁花新艺苑，依然书画占鳌头①。

注释：

①占鳌头，即独占鳌头，原指科举考试中了状元，现泛指第一名或占首位。

砚

紫云一片出端溪①，腻似乌冰泛碧漪。

虬曲九龙盘墨海，雕工神手出新奇。

注释：

①紫云，紫色端砚。唐代李贺《杨生青花紫石砚歌》："端州石工巧如神，踏天磨刀割紫云。"

书法

碑山帖海恋情浓，日日临池敢怠工。

写破芭蕉千万叶①，烟云笔底已游龙。

注释：

①传唐释怀素贫而无纸可书，尝于故里种芭蕉万余株，以供挥洒，名其庵曰"绿天"。

绘画

青山不卖自堪珍，水墨蓬瀛四季春①。

从此蜗居天地阔，云舒云卷作仙人。

注释：

①蓬瀛，即蓬莱、瀛洲，皆山名，相传为仙人所居。

菊花石①

如墨之身如玉光，雪英一簇扮仙妆。

孤高不肯流尘俗，散作清香石里藏。

注释：

①菊花石，南方所产奇石，用于观赏。其身黑如墨染，遍体流光，间有白纹错杂，酷似菊花盛开，因称菊花石。

水盂①

云影天光贮一池，惊看乌发换银丝。

龙蛇笔下三千纸，不忍清涟洗墨汁。

注释：

①水盂，供磨墨用的盛水的器皿。因小巧而雅致，最能体现文人雅士的审美情操，被称为文房"第五宝"。

书巢

缥缃四壁垒高丘，今古风云一览收。

访胜何须杖千里，漫随霞客小悠游。

笔筒

锋戈长短百千支，蓄锐安营备战时。

只待阿翁吟兴起，飞身舞作凤龙姿。

印章

铸汉熔秦化古贤，青田石上任刀镌①。

每从方寸观真迹，一点朱痕值万钱。

注释:

①青田石，产于浙江青田，是中国传统四大印章石之一。

琵琶

墙上琵琶久未弹，当年五指已蹒跚。

何时煮酒逢知己，大小珍珠落玉盘①。

注释：

①唐白居易《琵琶行》："大珠小珠落玉盘。"

梅花

寒日花魁倚砚池①，不堪孤寂别南枝。

玉容厌入庸人眼，一缕幽香伴故知。

注释：

①花魁，百花的魁首。梅花开在百花之先，故有"花魁"之称。

香炉

一片心交古鼎炉[①]，霏微香雾到仙都。

清凉不忍吟孤绝，漫写梅花抱雪图。

注释：
①心交，知心朋友。

拓片

扫却苔泥辨石花，苍茫千古觅芳华。

榛荒漫漶魂犹在，气压风流王谢家[①]。

注释：
①王谢，指六朝望族琅琊王氏与陈郡谢氏之合称，后成为显赫世家大族的代名词。代表人物有文采风流的王羲之、谢安等。

折扇

泥金乌竹巧裁工，前写兰亭后画龙。

溽暑何妨诗兴发，轻轻摇手便来风。

梅雪吟（八首）

其一

三友同盟拒李桃，惯迎霜雪与风刀。

百花谱里谁为主，尘外孤标第一豪①。

注释：

①尘外孤标，形容品格清高，不同凡俗。

其二

塞北年年春信迟，天公著意宠南枝。

可怜瀚海关山外，梦里空闻驿马嘶①。

注释：

①驿马，特指中国古代历史上为国家传递公文、军事情报、物资等的马。

其三

万树琼花报早春，寒香清气满乾坤。

游筇十里如幽梦①，不是仙身亦佛身。

注释：

①游筇，游人用的竹杖，借指游人。幽梦，隐约的梦境。

其四

扶筇踏雪小徜徉，浅唱低吟怯宋唐。

嚼罢寒英三五片[①]，几行新句也芬芳。

注释：

①寒英，寒天的花，指梅花。

其五

本是天宫白玉栽，为传春信下凡来。

可怜一夜销魂雪，朵朵冰花带血开。

其六

厌随桃李共风骚，傲雪凌霜品自高。

纵使香残花落尽，一身瘦骨也堪豪。

其七

东风枉扫冻云开，百丈冰消曙色来。

鹊叫声中诗入眼，一窗晴雪落红梅。

其八

胸胆开张酒瓮空，欲歌羞我锦囊穷①。

回眸挟雪双飞鹊，唱出林中万点红。

注释：

①锦囊，用锦制成的袋子，古人多用以藏诗稿或机密文件，借指诗作。

咏花（十三首）

水仙

缟衣翠袖舞凌波，风月遥闻玉佩磨。

梦里无缘临洛浦①，醒来水上会仙娥②。

注释：

①洛浦，即洛川，传为洛水女神出没之处。三国魏曹植曾作《洛神赋》。
②仙娥，古传舜有娥皇、女英二妃。舜出巡，死于苍梧，二妃追赶不及，亦死于湘江，成为湘水之女神。水上仙娥，暗合"水仙"二字。

菊花

曾为秋气叹悲哉^①，山野群芳化草莱。

幸是屈陶魂未泯^②，黄金万点恣情开。

注释：

①楚国宋玉《九辩》："悲哉！秋之为气也。萧瑟兮草木摇落而变衰。"

②屈陶，指屈原和陶渊明，二位大诗人都酷爱菊花，写出千古名篇。

海棠

天下芳魂各擅长，休贪香色醉壶觞。

柔情谁解乡愁梦，一脉春光让海棠。

注释：

①海棠花有2000多年栽培历史。宋代时被称为"百花之尊"。中国人爱此花，在于其文化内涵丰厚，有"花之贵妃""花中神仙"之说，被看作美人佳丽和万事吉祥的象征。

葵花

高顶金盘向日倾，风摇碧翠亦娉婷。

古今彩墨亲桃李，谁为秋葵写性灵。

梅花

绝顶山翁已鹤龄，访梅犹觉杖藜轻。

寒香二月花如血，第一枝春已定名①。

注释:

①一枝春，梅花的别名。晋陆凯《赠范晔》:"江南无所有，聊赠一枝春。"

月季

四时游遍百花丛，惟有斯花月月红。

香色超超桃李辈①，凌寒风骨与梅同。

注释：

①超超，谓超然出尘。

蔷薇

芒刺浑身不掩娇，蜂围蝶阵恋春韶。

如怜烈女休相狎①，媚眼销魂一步遥。

注释：

①狎，亲近而态度不庄重。

丁香

珠络风铃冷艳妆，新晴已了旧愁肠。

草堂静写归田赋①，满卷花香伴墨香。

注释：

①《归田赋》，汉代张衡所作。

荷花

凌波棹遍小湖湘，清露沾衣著冷香。

豁眼销魂忘归路①，诗无一字酒空囊。

注释：

①豁眼，犹言开阔视野。

杜鹃花①

千古冤魂今未平，暮春犹听鸟悲声。

端相一朵鲜红蕊，信是断肠啼血成。

注释：

①杜鹃花，别称映山红、山石榴等。杜鹃花被誉为"花中西施"，代表着爱的喜悦。相传，古有杜鹃鸟，日夜哀鸣而咯血，染红遍山的花朵，因而得名。

桃花

丽质天生悔不该，胭脂未抹已红腮。

但求蜂蝶休相狎，沾惹风流诟自来。

仙人掌（二首）

其一

居然芒刺亦开花，一瓮窗前落彩霞。

王母何时遣仙女，春来送福到凡家。

其二

花中绝属此花奇，激赏经年方解疑。

不是仙人掌生刺，纣王魔爪狎妖姬①。

注释：
①妖姬，美女。

重阳咏菊（十六首）

其一

九月花胜三月花，城乡无处不繁华。

年来疏恋东篱主，黄紫迁安百姓家。

其二

佳节同欢夜未央，金英古墨各争香。

三杯索笔风流客，泼墨豪吟赋月狂。

其三

坠素翻红雨后霜①，寒蛩冷蝶遁遑遑②。

怜君怒放心花后，七彩云霞映夕阳。

注释：

①坠素，坠落的白花。翻红，凋谢的红花。形容落花纷纷。
②寒蛩，深秋的蟋蟀。

其四

小筑山陬芟草莱，红莲白雪满园栽。

秋收遍地黄金玉，胜似家拥万贯财。

其五

自吐幽香恣意娇，霜寒时节立风标。

金光灿灿红如火，遂使高秋不寂寥。

其六

园林内外总逢君，分鼎梅兰自不群。

翁媪躬身夸信使，年年重九送芳芬①。

注释：
①重九，指农历九月初九，又称重阳。

其七

龙珠鹤顶满天星，天遣云霞落院庭。

敢请陶公来饮酒，共听屈子诵骚经。

其八

四时天下论精英，占断秋光第一名。

莫道清高无挚友，松梅兰竹可同盟。

其九

篱畔纷纷带露寒，落英堪饮亦堪餐。

几经咀嚼留滋味，目爽神清心自欢。

其十

暴雪摧枯未可哀，权资老圃作薪柴。

篱边留得芳魂在，重九明年去复来。

其十一

摇落萧萧未叹伤，金秋嘉景胜春光。

悠悠策马花千里，一路歌吟野兴狂。

其十二

雅士高情寄晚芳，茱萸头上啭莺簧①。

羞看襟袖诗狼藉，昨与陶公醉一场②。

注释:

①旧时汉族民间节日习俗，每年重阳节时，采茱萸插戴头上，俗信能驱邪治病。

②陶公，此处指东晋著名诗人陶渊明。陶公既爱菊花，亦爱饮酒。

其十三

南山缓辔久徜徉^①，迷眼斑斓蜀锦张^②。

不忍摘花簪雪鬓，赏花翁作护花郎。

注释：

①缓辔，放松缰绳，骑马慢行。

②蜀锦，形容菊花五彩斑斓，宛如四川著名的特色锦织品。

其十四

赋性生来自狷狂^①，霜天愈冷愈芬芳。

等侪谁可称君子^②，梅竹兰堪列雁行。

注释：

①狷狂，狷介与狂放，亦指清虚以自守的境界。

②等侪，同类，同辈。

其十五

红凋翠落遍蒿荒，独倚东篱唱紫黄。

或问癯翁何所似^①，孤标三尺抱寒香^②。

注释：

①癯翁，清瘦的老人。

②孤标，意思为山、树等特出的顶端。形容人品行高洁。

其十六

傲人姿色惹诗肠^①，击破瑶杯兴未央。

笺满珠玑谁作序，一声雁唳引眸光^②。

注释：

①诗肠，指诗理，诗情。

②眸光，目光。

竹器物十咏

竹，民之所爱也。不惟其有正直、虚心、劲节之风概，纵其干与枝叶分解而制成各种器物，亦皆与民生息息相关。其用之广、其价之廉、其品之高，竹魂永在，洵为鞠躬尽瘁之尤物也，理当歌咏礼赞。

竹屋

不是钢筋铁骨身，铮铮也作栋梁臣。

挺躯撑起千鳞瓦，大庇苍生救苦贫。

竹杖

剪尽冗枝轻瘦身①，孑然一杖便平民。

老翁喜得搀扶手，盲者安行指点频。

注释：

①冗枝，多余的杂枝。

竹帚

枝叶粗编即是材，风尘雨雪任劳衰。

街容日日新如画，功占群英第一排。

竹简

千载尘封见日天，诸家争说墨痕前。

皇皇史册添新证，笔者无名皆圣贤。

竹矛

武器应推丈八矛，杀将敌寇望风逃。

三军奏凯狂欢日，纵为偏师亦自豪①。

注释：

①偏师，主力军以外的部分军队。

竹笛

悠悠谁道故园情，月伫楼头一笛横。

游子今宵春梦短，风中折柳不堪听①。

注释：

①折柳，古人离别时，有折柳相赠的风俗。有"惜别怀远"之意。

竹床

春风扫榻卧青黄，诗亦清新梦亦香。

幸是癯身无软骨，朗吟时发少年狂。

竹筏

力挽狂澜过险滩，艄公号子鬓霜寒[①]。

何时卸下千斤载，两岸风光仔细看。

注释：

①划筏板船的艄公们为了协调动作，统一节奏，由初期的简单吆喝，逐步演变为有领有和的行船号令，故称"艄公号子"。

竹篱

赤条元本是柴薪，东与黄花结比邻。

一自陶公佳咏后①，八方骚客醉吟身。

注释：

①东晋大诗人陶渊明《饮酒》诗中有"采菊东篱下，悠然见南山"之句。

竹扇

前图山水后花王①，诗草随心缀几行。

不乞苍天降霖雨，轻轻摇摆便清凉。

注释：

①花王，指牡丹。唐皮日休诗《牡丹》："佳名唤作百花王"。

动物十咏

虎

一袭斑斓锦绣装，闻风百兽遁惶惶。

山林但有英雄在，谁敢尊前称大王。

象

力拔山兮百路开，穿林拖出栋梁材。

交情如可称朋侣，表演还登大舞台。

鸡

挺胸阔步气轩昂，高顶红冠披锦裳。

黑夜漫漫谁唤醒，此君一唱出朝阳。

羊

跪乳深知报母恩，生灵痛惜恨刀痕。

当年北海谁持节[①]，青史难忘汉使魂。

注释：

①西汉大臣苏武出使匈奴，被扣逼诱不降，被迁至北海（今贝加尔湖）边牧羊，扬言要公羊生子方可释放回国。苏武历尽艰辛羁留匈奴19年后方获释回汉，持节不屈，堪称英雄。

马

大漠狂飙驰战神，气吞万里荡胡尘。

旌旗舞处嘶鸣急，视死如归伴主人。

牛

开天辟地垦荆蒿，犁下丰登仓廪高。

乳肉皮毛人尽享，阿谁记得大功劳。

鹰

鼓翼扶摇上九霄，冲风击雨任逍遥。

嘤鸣不共林间雀，啸傲长空第一豪。

猫

曾如猛虎赛鹰鹗，夜夜擒拿灭鼠妖。

天下如今无贼患，翁童怀里撒嗔娇。

狗

世上曾传救主情，饥寒犹作护门兵。

时看街巷盲人手，一线牵连自在行。

鹤

鸟中一品乃神仙，羽士高风绝俗缘。

君子不淫传美誉，苍松结伴寿千年。

水仙歌

遍观天下花恋泥，君独净身拒抔土。

一池清水发生机，玉为肌肤冰为骨。

绽开黄蕊展娇容，翠袖娉婷凌波舞。

葱菁倩影报春光，脉脉含情笑无语。

不追浓艳怜素馨，幸有天香一室贮。

静研古墨赋诗篇，裁得新绢描画谱。

香花雅兴两相宜，笔卷风云如龙虎。

清风明月王右军[①]，豪气纵横黄山谷[②]。

案头四宝伴湘娥，意远神清堪绝俗。

严冬窗外雪纷飞，温煦茅斋如瑶圃。

耕耘播雨年复年，心力勤劳未觉苦。

注释：

①王右军，东晋书法家王羲之官至右军将军，时称"王右军"。
②黄山谷，宋代书法家黄庭坚，号山谷道人，故又称"黄山谷"。

咏鹤（二首）

其一

乡心一片傲云空，振翅长鸣上九重。

俗鸟凡禽非棣友①，知交高侣伴苍松。

注释:

①棣友，兄弟友爱。

其二

嘹唳一声腾九霄，朝看云浪晚观潮。

瑶台月下烟缥缈，群玉山峰仙气飘①。

注释:

①群玉山，传说为西王母所居处。

咏燕（二首）

其一

衔泥小喙筑新巢，津液团囵化血胶。

奋翼晨昏天又雨，拥雏酣梦任雷咆。

其二

雨剑风刀拼颉颃①，穿林搜壑捉虫忙。

苦寻十里归来晚，遥听雏儿哭断肠。

注释：

①颉颃，形容鸟上下飞。

梅花引

何须千里访孤山，槛外朋知伴岁寒。

玉蕊凌风香细细，瑶华抱雪骨珊珊。

描摹五瓣形如画，咀嚼三枚气若兰。

可叹千年传两句①，逋仙之后咏梅难②。

注释：

①宋代诗人林逋诗《山园小梅》有"疏影横斜水清浅，暗香浮动月黄昏"
二句，写出梅花清绝高洁的风骨，为历代传诵。

②林逋隐于西湖孤山，以"梅妻鹤子"自娱，世称"逋仙"。

立夏

纷纷雨后落繁花，浣女溪边斗彩纱。

摇翠翻红芰荷密，池塘处处又听蛙。

男女情怀

才子多将才子怜①，佳人妒眼对婵娟②。

嗟乎世上情男女，聚散恩仇皆是缘。

注释:
①怜，爱。
②婵娟，形态美好，此指美女。

龟背竹异想

龟背翩然挂竹枝，芸窗顿觉古风滋。

梦中一夜殷墟客①，害我空寻甲骨辞。

注释：

①殷墟，位于河南省安阳市，是中国历史上第一个有文献可考并为甲骨文和考古发掘所证实的古代都城遗址。

太湖石

神工鬼斧惹耽迷，俯仰盘桓怯品题。

霞客惊呼观止矣①，游春何必太湖西。

注释：

①观止，称赞所见事物好到极点。

篱园漫咏

篱畔诗朣挂瘦筇①，悠然携酒访花农。

秋霜巧施胭脂粉，红紫香撩蝶戏蜂。

注释：

①瘦筇，指手杖。筇竹节高干细，可作手杖，故称。

题案上梅花

一瓣梅花落砚池，不堪孤寂别南枝①。

玉容厌入庸人眼，乐得芸窗伴故知②。

注释：

①南枝，朝南的树枝，借指梅花，也指故土、故园和温暖舒适的地方。

②芸窗，指书房。

小园秋咏

三月繁花十月枯，愁红惨绿遍荒芜。

盘桓却喜蓬门外，一簇霜英倚草庐。

注释:
①霜英，菊花。草庐，简陋的房屋。

杨花自语

何以群芳惹鸟鸣，无花我亦散繁英。

风中三月漫天舞，笑尔春城变雪城。

临池杂咏

砚边遣兴（二十二首）

其一

十年一剑未虚谈，小技雕虫我大难①。

揽镜窥霜惊岁晚，始观笔底泛微澜。

注释：

①汉扬雄《法言·吾子》："或问：'吾子少而好赋？'曰：'然，童子雕虫篆刻。'俄而曰：'壮夫不为也。'"

其二

晴画兰花雨赋诗，雪梅风竹亦相思。

书生本是多情种，喜怒翻腾墨一池。

其三

半个诗狂半墨痴，几多相识是相知。

回眸壁上龙腾日，已是人书俱老时^①。

注释：

①唐代书家孙过庭《书谱》："通会之际，人书俱老。"

其四

俯仰书巢天地宽^①，今珍古宝叠峰峦。

隆冬写就虚心竹，笑与松梅度岁寒。

注释：

①宋代大诗人陆游以书为伴，将书斋取名"书巢"，并自题一联："万卷古今消永日，一窗昏晓送流年。"热爱读书由此可见。

其五

前栽修竹后栽松，一卷南华诵日红。

或问吾庐何所有①，浩然气与快哉风②。

注释：

①东晋大诗人陶渊明《读山海经·其一》："众鸟欣有托，吾亦爱吾庐。"

②宋代苏轼《水调歌头·黄州快哉亭赠张偓佺》："一点浩然气，千里快哉风。"

其六

老笔纷披意纵横，漫凭竹石寄幽情。

铦锋扫出潇湘雨①，顿觉清风两袖生。

注释：

①铦锋，刚锐的锋芒，即新笔，亦比喻运笔的功力。

其七

一蓑烟雨弄扁舟，撑遍江湖鬓已秋。

茶酒诗书三五友，花开花落自悠游。

其八

怀古常惊赤壁魂，大江歌罢酒盈樽。

崩云蝉翼颠狂草①，四壁氤氲万马奔。

注释：

①唐代书法家、书法理论家孙过庭在其《书谱》中论述笔法时有"或重若崩云，或轻如蝉翼"句。

其九

菽水金经陋室栖①，砚田朝夕苦躬犁。

问渠哪得情如许，澡雪精神乐自迷②。

注释：

①菽水，豆与水。指所食惟豆和水，形容生活清苦。

②澡雪精神，以雪洗身可以清净神志。比喻清除意念中的杂质，使心志纯正。语出《庄子》。

其十

乱草蓬心六十年，无论甘苦自陶然。

三千退笔劳心力①，惟有痴情一线穿。

注释：

①退笔，用旧的笔，秃笔。

其十一

苦心栽树不开花，无意作书书乃佳①。

云卷云舒流水态，随心指上绽奇葩。

注释：

①苏轼《论书》："书初无意于佳乃佳尔。"意指书法初始时不要刻意求佳，要放松随意，自然能达到佳境。

其十二

返璞归真两鬓残，韦编三绝未心寒。

宁将铁砚磨穿底，不让浮云上笔端。

其十三

南帖北碑成旧论①，吕钟丝管岂能分。

红笺江左饶风韵，塞外鸿篇亦绝尘。

注释：

①清代阮元称北朝的碑版为北碑，南朝的书帖为南帖，将南北朝书法分为南北两派，康有为对此说持有异议。

其十四

阴惨阳舒一画中①，风标未与古今同。

云烟山水无穷态，化入毫端气自雄。

注释：

①阴惨，原意为阴气惨淡，借指愁苦的心情和压抑的气氛。阳舒，原意为阳气舒展，借指舒畅的心情和宽松的气氛。书法中借指用笔的舒展和收敛。一画，清代画家石涛的美学思想。一画也是书法形象最原始最基本的因素。

其十五

心手摩挲觅圣踪，烟云漫漶看朦胧①。

今人谁有金睛眼，每把石花当笔锋。

注释：

①古代刻石年久残破漫漶，字迹不清，其拓片多呈现字迹旁有雪花状，称为石花。

其十六

史论皇皇有似无，愈探玄奥愈糊涂。

嗟惊经典开山作，竟是一篇非草书①。

注释：

①上海书画出版社出版《历代书法论文选》，选取历代名家书法论文凡69家95篇，而开篇者为东汉辞赋家赵壹的《非草书》。

其十七

体相难分上下流，壮推颜氏险推欧。

摩崖疑出神工手[①]，经卷犹惊笔力遒。

注释：

①摩崖，把文字直接书写镌刻在山崖石壁上称"摩崖"。

其十八

独持逸笔走偏锋[①]，切扫横斜势不同。

华岳天公刀削后，云中望险怯飞鸿。

注释：

①逸笔，放纵自如的笔致。偏锋，指书法以偏侧的笔锋取势，相对"正锋""中锋"而言。

其十九

梨枣新镌未足珍[1]，刀锋咄咄泯深醇。

壮观碑石苍茫处，玄酒大羹亲古人[2]。

注释：

[1]古代多把名家墨迹摹刻于梨（或枣）木板上，称"法帖"。

[2]玄酒，上古祭祀用水，后引申为薄酒。大羹，古代祭祀所用的肉汁。玄酒大羹，此意指神追古人。

其二十

书能瘦硬始通神[1]，朗润丰腴亦出新[2]。

自古欧颜花两树，高低谁可论君臣。

注释：

[1]唐代杜甫《李潮八分小篆歌》："书贵瘦硬始通神。"

[2]唐代欧阳询书法瘦劲峭险，颜真卿书法则朗润丰腴，二者书风迥然不同，各有千秋。

其二十一

百炼钢成绕指柔，皤然醉笔也风流[①]。

艺舟吾自摇双楫，日暮苍龙雨未收。

注释：
①皤然，须发斑白的样子。

其二十二

扫却苔泥辨石花，苍茫千古觅芳华。

榛荒漫漶魂犹在，气压风流王谢家。

折扇书题

万里风光尺幅间，恣情挥洒自悠闲。

几曾梦里追游圣①，缱绻烟霞不思还。

注释：

①游圣，指徐霞客，名弘祖，号霞客，明代地理学家、旅行家和文学家，积30年考察撰成名著《徐霞客游记》，被誉为"东、西方游圣"。

舞剑戏题

三尺龙泉腾紫烟，兴来持舞忘稀年。

书生气合英豪气，不作张颠作米颠①。

注释：

①米颠，北宋书法大家米芾，精擅行草书，有"米颠"之称。

《扇面书法集》出版感赋①

穷年兀兀苦经营，扇上风光别有情。

摘藻千家裁绚烂，澄心万笔写峥嵘。

快哉撒手清风起，乐耶开怀浩气生。

论罢炎凉观世态，陶然一笑卷舒轻②。

注释：

① 2017年9月，《董文扇面书法精品集》由沈阳出版社出版。
② 卷舒，用扇之打开、合拢之谓也。

团扇咏题（二首）

其一

粉彩新鲜著墨难，浑如乌漆滞毫端。

可怜涂破三千纸，几处翩翩起凤鸾。

其二

兼施肘腕作蝇头①，豪气依然冲斗牛。

癯者如仙腴者佛，行云流水自悠游。

注释：

①蝇头，即蝇头小楷。

燃香炉临《毛公鼎》作

抚鼎三年又五年，空拈退笔愧先贤。

回眸袅袅翻成悟，师祖原来是篆烟。

童子功

岂敢庸疏忘九宫，穷年无日不描红。

试看翰苑风流客，若个深藏童子功①。

注释：

①童子功，原指武术之基本功，此借指书法基本功。

蠹虫^①

铅椠劬劳枉费工^②，穷年无法破樊笼。

枕经蛀破三千卷，终得芳名号蠹虫。

注释：

①蠹虫，指爱书或酷爱读书之人。

②铅椠，古人书写文章的工具。

挚友书法日课观后

龙尾深凹日课勤^①，一挥百纸麝墨薰。

叹君汲古成家法，未举旌斿已拔群^②。

注释：

①龙尾，即歙砚，因产于婺源与歙县交界处的龙尾山者为最优，故又称龙尾砚。

②旌斿，泛指旗帜。

抗疫组歌

抗疫杂咏（十五首）

将士出征

耿耿男儿一寸丹，出征夷险克时艰。

三千将士心如铁，不灭毒魔终不还。

戎装告别

娇妻亲手理戎装①，老母依间鬓发苍。

嘱我救人如救火，医心不可两牵肠。

注释：

①戎装，军装。此指医护人员的服装"白大褂"。戎装比喻如同将士出征。

群雄会师

赳赳天兵风电驰，火雷山上会雄师。

同仇痛剿驱瘟鬼，看尔横行到几时。

天使心语

一自出征披战袍，安危线上走千遭。

医心近佛称天使，歼灭魔高是道高。

方舱崛起

奇迹旬时惊世间①，岿然崛起两神山。

从兹地网天罗密，万马千军战疫顽。

注释：
①旬时，旬日，十天。

剑指瘟霾

剑指瘟霾问上苍，缘何助虐纵强梁。

人间自有回天力，禹甸终将照艳阳①。

注释：
①禹甸，古谓禹所垦辟之田。后以称中国之地。

江城印象

荆楚繁华几日凋，惶惶疠气漫江潮。

可怜三镇封城后，第一楼空鹤影消①。

注释：

①第一楼，黄鹤楼创建有 1700 余年历史，其观赏性极高，仅旧志中收录的历代诗文就达 400 多篇，有"天下第一楼"的美称。

元夕寄怀①

月华一捧忘饥餐②，遥念江城春气寒。

盼祷雄师全胜日，还家奏凯再团圆。

注释：

①元夕，即元宵节。

②月华，月华的寓意是智慧、才华、纯洁、善良、美好。"月"，指的是月亮，寓意团圆、美好。"华"的寓意是华丽、才华等。

抗疫戒酒

一壶清茗隐云巢，禳祷南天诵楚骚①。

他日天晴鹤归日，与君南北两酕醄。

注释:
①禳祷，祭神以消灾祈福。

老汉出院

渴未饮兮饥未餐，瞳红汗雨拥袍眠。

老翁欲跪垂双泪，救命扶危义薄天。

战疫必胜

勠力同心战疫灾，沉沉云雾已初开。

东风自有驱霾力，不信春光不复回。

武汉解禁

春风万里瘴霾消，花雨江城又闻韶。

九省通衢开闸日①，人潮浑似大江潮。

注释：

①九省通衢，湖北以武汉为中心，被称为"九省通衢"。原因是从武汉沿长江水道行进，可西上巴蜀，东下吴越，向北溯汉水而至豫陕，经洞庭南达湘桂。因有此称誉。

黄鹤归家

霏霏春雨复繁华，雪洗劫尘揩泪花。

缱绻晴云迎客子，高楼黄鹤已回家。

婉拒笔会①

雷火关山战未休，何堪金顶逞风流。

联欢且待天晴日，豪气依然冲斗牛。

注释:

①峨眉山笔会有邀，因疫情未除婉拒得此诗。

女英雄颂①

呜呼母爱大于天，一跪号啕风雪旋。

念老仁慈多允洽，恕儿忠孝两难全。

征袍未解休弹泪，抗疫方张敢歇肩。

待到云开霾散日，归来再拜哭坟前。

注释:

①据 2022 年 3 月 22 日《吉林日报》载，河南省援吉医疗队队员王春霞刚抵达吉林，接到母亲突然去世噩耗，虽痛心至极而毅然决定：留下抗疫！

天问（二首）

其一

杯复杯兮愁复愁，凶狂瘴疫几时休。

苍天应悯苍生苦，还我春风复自由。

其二

歇笔云巢少唱酬[1]，怆然天道总悠悠。

萋萋芳草连天日，重访山河作胜游。

注释：

①云巢，隐居修道之处。唱酬，作诗相互酬答。

壬寅大雪感怀

不信春风唤不回，果然虎尾卷霞开①。

登山飞棹无忧矣，纵酒狂歌亦快哉。

莫笑皤翁操野杖②，且看英俊探瀛台③。

劫波度尽方清悟，否到极时迎泰来④。

注释：

①虎尾，比喻危险的境地，借指疫情严重的时期。

②皤翁，白发老人，指作者自己。野杖，谓持杖野游。

③瀛台，即瀛州，仙山名。

④否极泰来之意，指坏运结束，好运到来。

秋兴

割了新愁散旧愁，披襟棹唱五湖秋。

云浮鲁北三千阁，花簇滇南十二州。

风物观余诗满箧①，栏杆拍遍酒盈瓯。

归来挥洒丹青笔，画上重新作卧游②。

注释：

①诗箧，放诗稿的小箱子。

②卧游，指欣赏山水画以代游览。亦有以卧游命名的画作，如《潇湘卧游图》《江南卧游册》等。

壬寅春游漫咏①

应谢东君造化功，豪游未半酒囊空。

潭清嬉戏鱼归水，林茂欢歌鸟出笼。

衔泪梨花千树雪，浣愁柳浪一湖风。

苍天不许昏霾久，且待明朝看彩虹。

注释：

①壬寅，即公历 2022 年。疫情已见好转，百姓纷纷春游，一释积郁愁怀。

辛丑四月江城畅咏（二首）

其一

鸟唱云开淑气熏①，春风又绿楚江滨②。

缘何不见溪头燕，飞入千家报喜频。

注释：
①淑气，温和之气。
②楚江，长江。

其二

云散晴空丽日悬，人潮蜂拥挤车船。

穿街莺燕争相告，风景今年胜去年。